ポラーノの広場

波拉諾廣場

宮澤賢治——著　許展寧——譯　邱惟——繪

目次

contents

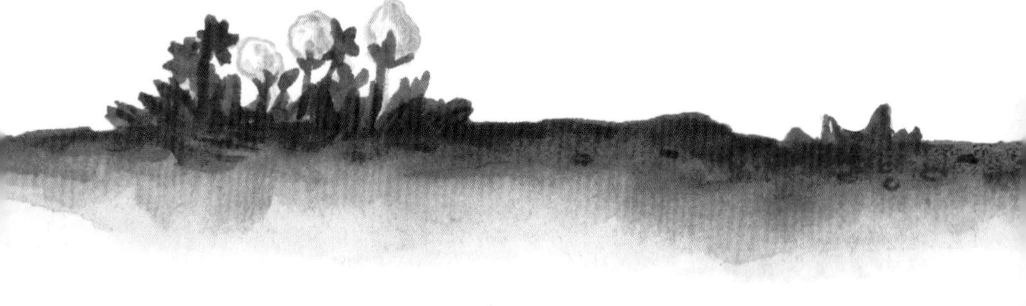

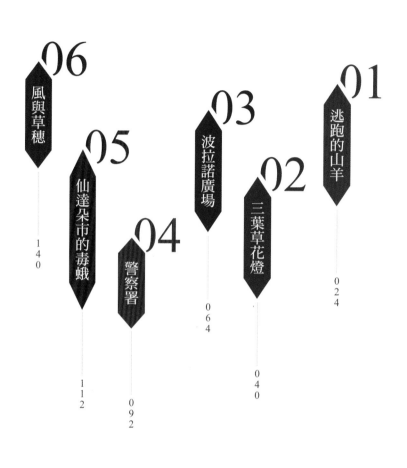

導讀

宮澤賢治寓寄一生理想之作

東吳大學日文系副教授／張桂娥

在宮澤賢治眾多童話作品中，有四部他自己視為「少年小說」的長篇童話。包括《銀河鐵道之夜》、《風之又三郎》、《卜多力的一生》以及《波拉諾廣場》。此次，透過《波拉諾廣場》圖文並茂的中文譯本，筆者有幸再次回味這篇定位特殊的「少年小說」。

當筆者閱讀此書時，腦海浮現一連串疑問：宮澤賢治是在什麼樣的背景時空下創作出這部作品？為何有評論指出這是寓寄他一生理想的作品？為什麼書中的小男孩法傑羅一定要去尋找存在傳說中的「波拉諾廣場」？作品中出現的藍白色「三葉草花燈」、仙達朵市的「毒蛾」又具有什麼象徵意義？以現代精神來解讀，這部作品給現代讀者傳遞出什麼樣的訊息和啟示？相信許多嚮往宮澤賢治童話小宇宙的台灣讀者們，也跟我一樣非常想知道這些疑問的答案。

為深度探索《波拉諾廣場》一書的主題意識與深層寓意，筆者爬梳眾多相關研究文獻之後，獲得許多寶貴的資訊。藉此篇幅與讀者們共享重要發現，並提供

個人觀點與宮澤賢治的忠實「鐵粉」們參考。

《波拉諾廣場》發表於宮澤賢治逝世的次年（1934年），以伊哈托布為舞台，描述在博物局工作的丘斯特和農夫之子法傑羅，一起追尋傳說中的波拉諾廣場的故事。諸多學者認為，對農村社會、自然環境的懷舊與渴望，促成宮澤賢治在創作《波拉諾廣場》時得以體現。將自己人生際遇融入故事，也將畢生致力推動的「農民產業工會（農會）」、「農民生活改善運動」、農民團結互助、實踐理想鄉的過程投射在本作品。

寫實與虛構並陳的敘事手法

《波拉諾廣場》的創作手法異於宮澤賢治其他作品。故事一開始就提出謎題，以探索謎題的推理小說風格，帶有懸疑性質，讓讀者渴望解開其中的謎底。以「前十七等官　雷歐諾・丘斯特／記、宮澤賢治／譯述」字樣落款方式，明確告知讀者，這篇由丘斯特撰寫、「宮澤賢治」（作家本名）譯述的小說《波拉諾廣場》將以融合虛構與寫實的敘事風格展開。

西尾敦史教授（愛知東邦大學）認為：與宮澤賢治同時代的作家如江戶川亂

步等，帶來了偵探小說的興起，據此推測作者採用懸疑手法，確實與少年小說盛行的時代背景有關。宮澤賢治透過本作品再次描述其長年嚮往的伊哈托布，提出以產業工會作為理想共同體的概念，將其包裝成謎題，讓讀者參與解謎過程。

作品投射作者希冀實現烏托邦的渴望

少年法傑羅尋找傳說中的「波拉諾廣場」，出於純粹的好奇心和冒險精神，他相信廣場的傳說並對此深感著迷。由他的參與，故事得以發展，廣場的真相也逐漸浮出水面。宮澤賢治透過這個角色，讚揚了兒童的純真心靈和對冒險的渴望，傳遞了尋找遠離社會扭曲，公平正義得以伸張的理想之地的渴望。

原野上發著藍白色光芒的「三葉草花燈」，以及仙達朵市的「毒蛾」，恰恰反映了宮澤賢治作品中的詩意和幻想性。藍色、白色象徵潔淨、希望和純潔；「三葉草花燈」代表冒險和追求的心靈。這也點出故事中的人物冒險進入未知領域的情節。另一方面，「毒蛾」則象徵著危險和試煉，代表故事中丘斯特等人所面臨的困難和嚴酷的現實。

作品氛圍獨特，通過敘事者丘斯特的視角，宮澤賢治本人彷彿介入了故事。

儘管這是一部未完成的作品，讀者仍然感受到宮澤賢治哲思的片段和對理想家園的憧憬。這也是為何眾多評論者將本篇作品視為「宮澤賢治寓寄他一生理想的重要創作」的原因。

激勵人心的「波拉諾廣場之歌」

最後，引述故事主角丘斯特在終章〈風與草穗〉激發人心的呼喚：

「我們只要腳踏實地去做就好。風和雲彩也會賦予你們嶄新力量，諸位很快就能在這個地方，在這片原野上打造出比傳說更了不起的波拉諾廣場。」

誠如故事人物傳唱吟詠至今的「波拉諾廣場之歌」所言：

「波拉諾廣場　晨光將至／波拉諾廣場　黑夜將逝」

「衷心期盼　這世間的紛擾爭端／在銀河彼端　一同一笑置之

所有煩憂　化作熊熊烈火燃燒殆盡／只願攜手共創　繁華新世界」

筆者深信，熱愛《波拉諾廣場》的讀者透過本作品，能夠深切感受宮澤賢治的理想主義與獲得共感視角，在當今社會中獲得正向價值觀的啟發，充飽生命能量，攜手共創繁華新世界。

推薦

同為標本採集者的跨時空對話

張東君

「我在原本的馬廄隔出一小處空間，在裡面養了一頭山羊，每天早上會擠點羊奶，用冷麵包泡著一起吃。」最初看到這一段時，我先想到的是公羊母羊都有鬍子沒錯，但是假如丘斯特只養一隻山羊的話，除非他每隔一陣子就把他的羊帶去哪裡配一下，否則應該沒辦法每天都擠羊奶喝吧。不過既然是宮澤賢治寫的，這應該不成問題。

日本知名編輯松田素子女士曾分享她在策畫、編輯宮澤賢治的繪本時，確確實實的去問了大提琴的製造者，在提琴上的洞是不是真的能夠讓小老鼠爬進去（是的），或是問了種栗子的農家，栗子的生長過程中，栗子是不是真的會有綠色的時期（雖然很短暫，但是真的有）。所以我相信即便宮澤賢治沒有寫細節，實際上也都是能夠說明的。

他的書中、故事裡真的出現了很多的生物，還有跟生物接觸、互動的人。在《波拉諾廣場》中，丘斯特是博物館的職員，負責採集和整理標本，他在找從他家逃跑的山羊時，認識了牧羊少年法傑羅及歌喉很好的米勒。法傑羅的雇主外號老爺，和盜賣山貓而被稱為「山貓博士」的議員同為這個故事中的壞人。日本的山貓跟台灣的石虎基本上可以畫上等號，所以「不是把山貓賣到動物園」的山貓博士對我來說就是壞人，丘斯特在工作中與同事爭論，是不是要把死掉的北極熊做成剝製標本，到外地出差採集標本，這些都是讓我看了覺得很貼近我的生活，連連點頭覺得很有趣的部份。

其實我就是要跟大家分享，我看書的時候會隨著內容，想到跟自己生活相關的事物，而覺得開心，以及看書的方式有百百種。最重要的是，要自己去讀、去感受和不忘分享。

推薦

用生命經驗釀香醇故事

陳彥冲

第一次認識宮澤賢治是在教科書裡，當時我帶著學生認識這位日本國民詩人，看他如何在動盪的時代裡，心懷隨遇而安的豁達態度、悲天憫人的胸懷。後來再見是《銀河鐵道之夜》，那時才又更認識這位作家，除了詩也愛寫故事。我們同為老師，也都是創作者，為孩子們寫故事。在閱讀這部《波拉諾廣場》時，不禁為兩人之間另一種共通點覺得有趣（應該說，許多作家都有這樣的共通點）——創作時都將自己的生命經驗當作材料，調和釀造一篇篇獨家口味的故事。

故事一開始，森林、夏日晴空、清澈的風拂過的青草浪，每一幕場景都是如此生動，莫里歐市的景色被描繪得仿如一幅幅畫，將曠野生動地開展在我們面前，那是宮澤故鄉的縮影。接著人物登場，男孩法傑羅率真尋找著——傳說中如同烏托邦，滿是歡笑的天堂——波拉諾廣場，在尋找過程中，面對雇主、縣議員帶來的壓迫及懼怕，那是作者心中對弱勢的憐憫與仗義。

只是，故事開端帶給我的奇幻想像，與我心中揣想的情節相比，有了意想不到的轉折。原野中摸黑尋線探尋，發光的赤楊樹照亮希望；接著，故事一口氣轉向不可知的遠方，那樣的出其不意，相當精彩。可惜我無法透露太多，否則就壞了大家感受宮澤魅力的機會。

故事不長，卻很夠味，我深刻感受到自己與宮澤的不同，截然不同的味道，那是一種從文識人的浪漫。一起來品味《波拉諾廣場》吧！細細嚐出來自日本東北的自然清新，細細嚐出動盪時代下最暖心的人情關懷。

人物介紹

丘斯特

莫里歐市博物局職員，職等十八等官。負責採集和整理標本。

因外出尋找逃跑的山羊與少年法傑羅相識，後來一起尋找傳說中的「波拉諾廣場」。在過程中慢慢改掉身上的官僚氣息。後因職務調動離開莫里歐市。

法傑羅

十七歲牧羊少年。在外號叫「老爺」的地主所擁有的農地工作。

與丘斯特、好友米勒展開一趟尋找「波拉諾廣場」的奇幻旅程。因一場決鬥遠走他鄉，因緣際會習得皮革製作手藝，最終與朋友們建立全新的「波拉諾廣場」。

米勒

有一副好歌喉，喜歡即興唱作的二十歲年輕人。

法傑羅的好朋友，是找尋「波拉諾廣場」的探路人，因跟蹤山貓博士的馬車伕和乾貨店老闆，得以找到位於慕拉朵森林深處的小徑入口。

德斯圖帕葛

因盜賣山貓而被稱為「山貓博士」的縣議員，也是聲名狼籍的資本家。

將「波拉諾廣場」盤據作為競選與圖利招待眾人宴飲作樂的據點。後因未合法申請釀酒執照，為躲避其他投資者、稅務官究責而逃到仙達朵市。

羅薩洛

法傑羅的姐姐，是位美麗嫻靜的女孩。同樣在地主提蒙的農地幹活，有時也會到德斯圖帕葛的工廠工作。在法傑羅失蹤後被傳訊到警察署巧遇丘斯特，兩人有過短暫的交談，透露弟弟可能去了遠方的訊息。

提摩

法傑羅的雇主。是個性格暴躁的地主，公所採購蔬菜和水果的供貨商。

外號「老爺」，與山貓博士同為勢利的資本階級。在「波拉諾廣場」夏夜聚會中見到不請自來的丘斯特等人，出聲斥責與威脅法傑羅。

伊哈托布

伊哈托布是一個地名。

如果一定要指出這個地點，那就是與大克勞斯和小克勞斯耕種過的原野；少女愛麗絲探尋過的鏡中王國，同樣的世界。是在特潘塔爾沙漠東北，或是伊凡王國遙遠的東邊。[1]

其實，它在作者的心象中！

這樣如夢幻樂園般的景象，也實際存在於日本的岩手縣。[2]

在那裏，一切皆有可能。

人可以瞬間躍上冰雲，順著大循環的風，向北旅行；也可以行走在紅色花朵下，與螞蟻交談。

罪惡、悲傷，也會看起來聖潔、純淨。

深遂的櫸木森林，風和樹影，鮮嫩的草叢，不思議的陌生城市，一整列的電線桿一路綿延直至白令市，那真是一片奇特又令人愉快的國土。

注1：這段文字中提及的人名、地點皆出自知名的童話、文學作品。
大克勞斯和小克勞斯出自童話之王安徒生的筆下，鏡中王國出自流傳百年的《愛麗絲境夢遊仙境》經典續作《愛麗絲境中奇遇》，特潘塔爾沙漠出自泰戈爾《新月集》中幻想的沙漠，伊凡王國則是出自托爾斯泰寫給每個人的人生寓言故事《傻子伊凡》。

注2：岩手縣為宮澤賢治的故鄉。

莫里歐市

那時候，我在莫里歐市的博物局上班。

我的官職是十八等官，在公所內算是相當低階的職等，薪水也少得可憐。但反正我的工作是負責採集和整理標本，正好是我從小的嗜好，所以我每天都做得樂此不疲。再加上當時莫里歐市預計將賽馬場改闢為植物園，那片有著美麗景色與遍地種滿金合歡的廣闊土地，便連同售票處和號誌站等建築物一併移交到了我們公所。我馬上藉著值宿的名義，帶上分期付款買來的小留聲機和二十幾張唱片，一個人住進了賽馬場的看守小屋。我用木板在原本的馬廄隔出一小處空間，在裡面養了一頭山羊，每天早上會擠點羊奶，用冷麵包泡著一起吃。吃完之後，提著黑色皮包，包裡放些文件和雜誌，把鞋子擦得雪亮，然後踩過成排的白楊樹蔭，闊步邁向公所上班去。

吹往伊哈托布清澈的風、夏日裡沁涼依舊的晴空、有著美麗森林妝點的莫里歐市，以及郊外閃閃發亮的青草浪。

另外，還有許多與我一同身在其中的眾人。像是法傑羅和蘿薩洛、趕羊的米勒、臉蛋紅通通的孩子們、地主提摩、山貓博士勃甘托・德斯圖帕葛等人。如今待在這間陰暗的大石屋裡，一切回想起來都像舊時的藍色幻燈片那般令人懷念。

現在，就讓我靜靜地把那一年五月至十月期間，發生在伊哈托布的事，加上幾個小標題寫下來吧。

前十七等官　雷歐諾・丘斯特／記

宮澤賢治／譯述

逃跑的山羊

「大概是天氣太好了，那傢伙自己跑出門了吧。」我半開玩笑地自言自語，開始從對面的號誌站找起……

01 逃跑的山羊

那是五月最後一個星期天。我被繁華市區的教堂鐘聲吵醒，此時的太陽早已高掛，四周一片燦亮耀眼，看了看時間，正好是六點整。於是我連忙套了件背心，匆匆跑去看一看山羊，然而小屋裡一片靜悄悄，只有扁塌的稻草堆，完全不見熟悉的山羊短角和白鬍子。

「大概是天氣太好了，那傢伙自己跑出門了吧。」

我半開玩笑地自言自語，開始從對面的號誌站找起，再到平時放牠出來玩的賽馬道內側草地，一路找到隱身在白楊樹林中，位於市郊的白色教堂尖塔附近。可是到處都沒看見山羊那雪白腦袋和身軀。最後我又到馬廄繞了一圈，依然是一無所獲。

「不曉得山羊會不會像馬兒或狗兒那樣，記得以前待過和一路經過的地方，自己找到回家的路呢？」

我一個人開始胡思亂想。結果想著想著，我竟迫不及待地想知道答案。不過賽馬場和公所不同，沒有博學多聞的老書記，也沒有記載著相關知識的辭典。我只好默默走過半圈賽馬道，沿著村民之前牽山羊過來給我時走的那條路，往原野的方向走去。

附近農地裡的燕麥和黑麥已經長出新芽，有些土地則是剛被翻過土，或許正準備要種些什麼作物吧。

不知不覺間，我已經走在去往城鎮西南方村莊的路上。

前方有一群身穿黑衣，頭戴白巾的農婦走了過來。看到她們後，我便打算調頭回去。畢竟我起床後只套了件背心，沒洗臉也沒戴帽子就出門，還不曉得山羊的去向，就急著飛奔來到這片遼闊的麥田。但此時我已經來不及調頭回去，因為那群農婦就快走到我面前了。我硬著頭皮快步上前，向大家行禮之後問道：

「請問，各位有沒有看到一頭迷路的山羊？」

婦人們都停下了腳步。看來她們正準備前往教堂，手上還拿著聖經。

「有一頭山羊在這附近走丟了，請問各位有看到嗎？」

只見她們面面相覷。其中一個人開口回答：「不曉得耶，我們剛才就是從那個方向，這樣一路順著走過來。」

說的也是，畢竟山羊和人不一樣，牠迷路的時候不會乖乖沿著路

走。我向婦人們鞠躬：「謝謝各位。」

接著婦人們都離開了。

乾脆就這樣回去吧。可是，我一想到如果現在往回走的話，勢必得穿過剛才那群婦人，不如還是散散步，再繼續往前走一段路好了。

我心裡想著這真是一趟毫無頭緒的散步，暗自苦笑。此時，前方走來一名看似二十五、六歲的青年，以及一名年約十七歲的男孩，兩人的身上都

扛著鐵鍬。既然都遇見了，姑且就問問吧。於是我對他們兩人行了禮。

「有一頭山羊在這附近迷路了，請問你們有看到嗎？」

「山羊嗎？沒看到，是你帶牠出來的時候逃走的嗎？」

「不，牠是自己從小屋裡逃走的。沒關係，謝謝你們。」

我鞠躬向他們致謝，然後繼續邁步往前走。但沒想到剛才遇見的男孩在後面說道：「啊！好像有人從那邊走過來了。是不是他手上牽著的那頭羊？」

我回過頭，望向他手指的方向。

「是法傑羅。他牽的是山羊嗎？」

「是山羊，沒錯，一定是那頭。因為這個時間，法傑羅不可能會牽著羊出門來到這裡。」

那確實是一頭山羊。但也有可能只是別人準備牽到城裡賣的其他山羊。我朝那個人的方向走去，打算先走到路標附近，靠近一點仔細觀察後再說。對方是個臉頰通紅，上身只穿了件紅色背心，年紀大約十七歲的男孩。他在那頭說不定就是我的母山羊的脖子上繫了皮帶，笑瞇瞇地牽著牠走近我。看來那的確是我的山羊，但我卻不曉得該如何開口向他說明，便停下腳步，結果男孩也停了下來，向我行禮。

「這頭山羊是你的吧。」

「好像是。」

「我剛才一出門，就看到牠孤伶伶地像是迷路了。」

「看來山羊也像狗兒一樣，記得自己走過的路？」

「當然記得囉。來，還給你。」

「太謝謝你了，我剛才連臉也沒

洗，就急著出來找牠。」
「你從很遠的地方走過來的嗎？」
「是啊，因為我住在賽馬場。」
「是那裡嗎？」
男孩一邊解開山羊脖子上的皮帶，一邊望向隔著農地另一側，一整排剛冒出翠綠新芽的金合歡，枝葉在陽光照耀下輕輕搖曳，閃閃發亮。
「看來我真的走了好遠。」
「是啊。我現在要往那邊走，再見了。」
「啊，請等一等。我想送你東西當做謝禮，可是我現在什麼也沒帶。」
「沒關係，我不需要謝禮，牽著山羊散步到這裡就夠好玩了。」
「別這麼說，這樣我心裡會過意不去的。對了，你要不要這條鍊子？」
我想懷錶少了錶鍊應該也無妨，便把銀鍊子拆下來，想送給這個孩子。
「不用了。」

「上面還附有磁石喔。」

男孩一聽，立刻興奮地漲紅了臉，但又馬上露出若無其事的神情，他輕聲地說：「不行，用磁石是找不到的。」

「用磁石找不到什麼？」我訝異地反問。

「哎呀。」男孩顯得有點慌張，彷彿是被人窺見了藏在心底的事。

「你在找什麼嗎？」

男孩猶豫了一下，才下定決心開口說：「波拉諾廣場。」

「波拉諾廣場？嗯，這個名字聽起來有點印象。波拉諾廣場到底是什麼樣的地方呢？」

「那是很久以前的傳說，但現在還是蔚為話題。」

「對喔，我想起來了，我小時候也聽過好多遍。那是在原野中央，舉辦祭典的地方對吧？如果要去那裡，聽說要數著三葉草花上的數字，才能到得了。」

「是啊，以前是那麼流傳的沒錯。不過，那個地方現在還存在喔。」

「為什麼這麼說？」

「因為當我們晚上走到原野的時候，就有聽到從某處傳來類似祭典的聲音。」

「那是不是只要朝著聲音的方向走，就找得到那個地方。」

「我們以前找過好幾遍，最後還是沒有找到。」

「既然聽得到聲音，就表示距離應該不遠吧。」

「不是的，伊哈托布的原野實在太大了。要是遇上起霧的時候，甚至連米勒也會迷路。」

「你說的也沒錯，但你們可以看著地圖走啊。」

「有原野的地圖嗎？」

「有啊，我猜打開之後會是那種用四張紙拼接而成的大地圖。」

「只要看著地圖，就能找到地圖上標示的所有道路和森林嗎？」

「也許有些地方已經變得和地圖不同，但應該大部分都找得到。對了，不如我就買那張地圖送你作為謝禮吧。」

「嗯！」男孩紅著臉說。

「你的名字叫法傑羅吧，我該怎麼寄給你？」

「我再找時間去你家拿。」

「再找時間？你乾脆就今天來吧。」

「但我今天要工作。」

「今天是星期天耶。」

「我沒有所謂的星期天。」

「為什麼？」

「因為我必須去工作。」

「是你自己家裡的工作嗎？」

「是老爺家的，其他人都已經到田裡去了，大家在忙著給小麥除草。」

「所以你是受人雇用囉。」

「是啊。」

「你的爸爸呢？」
「他不在了。」
「有兄弟姊妹嗎？」
「我有姊姊。」
「她在哪裡工作？」
「當然也在老爺家的農地。」
「這樣啊。」
「不過，姊姊也許會去山貓博士那裡。」
「你說的山貓博士是誰？」
「那是綽號，他的本名是德斯圖帕葛。」
「德斯圖帕葛？是勃甘托．德斯圖帕葛嗎？就是那個縣議員。」
「沒錯。」
「那傢伙是個大壞蛋，他家在這附近嗎？」

「嗯，從老爺家可以看得到……」

「喂！你在這裡蘑菇什麼呀！」後面突然傳來一陣咆哮聲。我轉頭一看，有個頭戴紅帽，體格壯碩的老農夫拿著皮鞭，怒氣沖沖地站在那裡。

「本來以為你已經做到一個段落了，結果我過來一看，才發現你竟然站在這裡閒聊！快點去幹活！」

「好，那我先走了。」

「再見了。我通常五點半就會下班回到家。」

「我知道了。」

法傑羅拿著水壺和鋤頭，匆匆往另一頭走掉了。老農夫轉而向我說道：「我不管你是從哪裡來的傢伙，勸你少管閒事，妨礙我們做事。」

「你誤會了。因為我的山羊逃跑了，我才來這裡尋找牠的下落。那個男孩幫我牽山羊過來，所以我剛才是在向他道謝。」

「沒什麼好道謝的，山羊這畜牲有腳，會自己走路。喂，法傑羅！你給我用跑的！混帳，我叫你用跑的！」

老農夫面紅耳赤地舉起手，啪地一聲揮舞著皮鞭。

「竟然用皮鞭使喚人，這樣太粗魯了吧。」

老農夫故意把臉湊近我的眼前，然後說：

「這條皮鞭？你是說這條皮鞭嗎？這可不是用來使喚人的，是專門趕馬的，我剛才正好趕了四匹馬過去。你看，就像這樣！」

老農夫說完，在我面前激動地用力甩動皮鞭，發出啪啦啪啦作響的聲音。

看到他的態度，我的火氣頓時衝上腦門，但我覺得現在不是對他發脾氣的時候，連忙把眼神轉移到山羊身上。只見山羊吃著野草，開始越走越遠了。

老農夫往法傑羅的方向走遠，我則朝著山羊走去。

當我追上山羊後，回頭一望，只見遼闊的農田一路綿延到靛藍色的地平線，陽光耀眼，把老農夫的紅頭巾也照耀得燦爛奪目。豔陽下，大地都被閃閃發光的光芒所籠罩，遠處的農具反射出亮眼白光，步行前進的馬兒也如同黝黑剪影。我還看到不曉得是法傑羅還是其他小孩在那裡頻頻打著手勢，驅策馬兒前進。

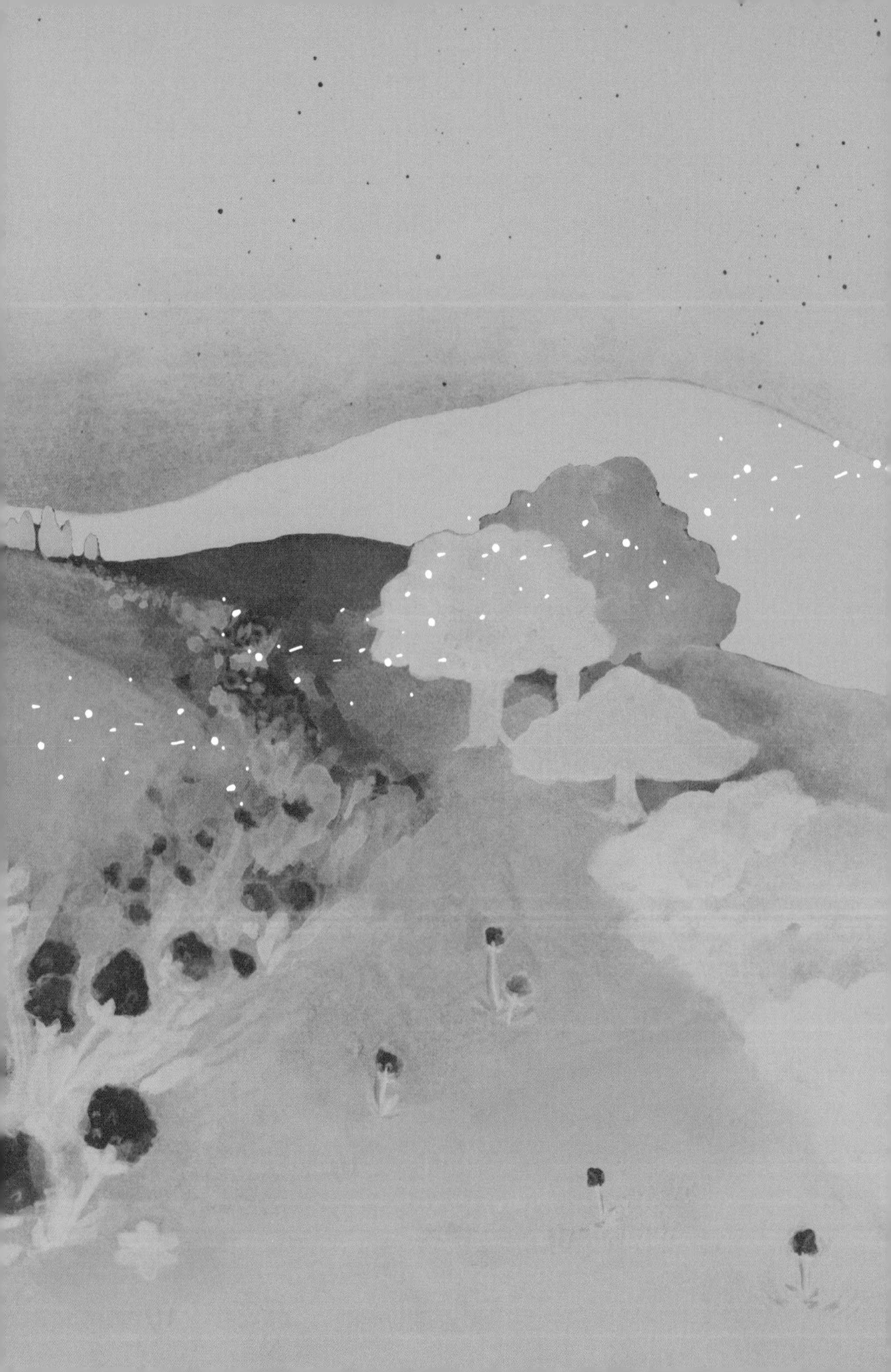

三葉草花燈

在遠方的漆黑草叢中，隨處可見一朵朵渾圓小巧的三葉草白花，神似和風紙燈透著微光，周圍還瀰漫著濃濃的蜂蜜香氣。

02 三葉草花燈

就在十天後的傍晚，我剛下班回到家，雙手正忙著摘下袖扣時，突然看到法傑羅從門外探出頭來。驚魂未定的我還沒回過神，他便開口說：「我來囉，晚安啊。」

「前幾日真是謝謝你了，我早就準備好地圖。你最近還有聽見之前說的聲音嗎？」

「當然有啊，昨晚就聽得特別清楚。我實在太想要在今晚就過去看看，便和牧羊的米勒一起來了。」

「你家裡不要緊吧？」

「嗯。」法傑羅回答得有些含糊。

「雇用你的老爺還真兇，他叫什麼名字？」
「他叫提摩。」
「提摩，這名字聽起來有點耳熟。」
「我猜你應該聽過，他會配送蔬菜水果到各地的公務機關。」
「或許聽過吧。話說這就是我要送你的地圖。」
我在門口空地，把事先買好的地圖攤開。
「我可以叫米勒也過來看嗎？」
「你是跟別人一起來的嗎？當然可以。」
「米勒，快過來吧，我們來看地圖。」
有個比法傑羅年長三歲左右的年輕人，從山羊小屋走出來，向我行了個禮。他的腳上纏著綁腿，身上穿著破舊的藍色皮外套，臉色紅潤，看起來精神奕奕。
「糟糕，我看不太懂地圖耶，哪裡才是西邊呀？」
「上面就是北邊，我們換個方向看吧。」法傑羅把地圖攤在地上，一邊對照

外面的景色，一邊把地圖轉正。

「你看，這邊是東，那邊是西。我們現在的位置則是這裡，就是這個圓圓的賽馬場。」

「乾餾工廠在哪裡？」米勒問。

「這張地圖上沒有乾餾工廠，會不會是在這張？」

我攤開另一張地圖。

「還是沒有，那是什麼時候蓋的工廠？」

「去年蓋的。」

「那就不會出現在上面了，因為這是更早之前測量的地圖。那座工廠在什麼地方？」

「在慕拉朵森林的一角。」

「啊，會是在這裡嗎？這些是什麼樹？橡樹或樺樹嗎？看起來應該不是雲杉或柏樹。」

「就是橡樹和樺樹。原來是這裡啊，我猜昨晚我聽到的聲音，就是從這裡傳出來的。」

「走吧走吧，我們過去看看吧。」法傑羅拿著地圖跳了起來。

「我也可以一起去嗎？」

「當然可以，我正想問你呢。」

「那我也跟你們去，先等我一下。」

我連忙起身做好出門的準備。

儘管有月光輔助，但為了看清楚地圖，我還是帶上了玻璃提燈。

「我們走吧。」我啪地一聲關上門，跟著法傑羅和米勒出發了。

太陽已經下山，天空猶如一潭青綠色古池。看看附近的草叢和金合歡，這個時間也正是它們一天當中，看起來最翠綠的時刻。

我們已經橫越過賽馬場的正中央，走上通往原野的小徑。回頭一望，我的房子已變得很小了，只看得出泛著黃色的燈光。

「波拉諾廣場上有什麼呢？」

我一邊跟在米勒身後，一邊問法傑羅。

「像是管弦樂團和美酒，大家說那裡什麼都有。雖然我一點也不想喝酒，但我想帶其他人去那裡看看。」

「好像真的是如此，小時候我也常聽別人是這樣說的。」

「而且聽說，只要到了那裡，任何人都變得很會唱歌。」

「對對對，的確有人這麼說過，只是不曉得那個地方是不是真的還存在。」

「可是我們確實有聽到聲音。我別無所求，只希望自己變得很會唱歌。吶，米勒也是這麼想吧？」

「嗯。」米勒也點點頭。

聽著兩人的對話，我猜想米勒的歌喉原本就很好了吧。

「小時候，我總會在這個時間跑到原野上玩耍。」法傑羅說。

「這樣啊。」

「當時我媽媽都會叫我小心點，不然會被貓頭鷹騙走喔。」

「你媽媽說什麼了？」

「媽媽會叫我小心點，別被貓頭鷹騙走。」

「被貓頭鷹騙？」

「對，就是貓頭鷹。在我年紀還要更小，嗯，差不多只有這麼高的時候吧。有一次我跑到原野上玩，突然聽到遠方有人在說『吃掉了』、『吃掉了』，其實

那就是貓頭鷹的叫聲。我當時太小還不懂事，傻傻地就往聲音的方向走，結果在森林迷了路，嚎啕大哭。所以在那之後，媽媽總會那樣提醒我。」

「你媽媽現在在哪裡呢？」我想起第一次見面時的對話，輕聲問道。

「她不在了。」法傑羅難過地說。

「你上次說你姊姊可能會去德斯圖帕葛那裡工作吧？」

「嗯，姊姊一點也不情願，可是老爺卻命令她過去。」

「原來是提摩的命令。」

「嗯，因為老爺很怕山貓博士。」

「為什麼要叫他山貓博士？」

「我也不清楚，米勒你知道為什麼嗎？」

「知道。」米勒轉頭說道。

「據說那傢伙專門抓山貓賣到國外去。」

「賣山貓？和動物園做生意嗎？」

「應該不是動物園。」米勒似乎也不是很確定，安靜地不說話了。

這時候，周圍的天色已經完全暗下來，只剩西邊的地平線上方，泛著猶如古池水光的青藍色光芒，遍地野草也變成了墨綠色。

「啊，三葉草花燈亮了。」法傑羅大喊。

在遠方的漆黑草叢中，隨處可見一朵朵渾圓小巧的三葉草白花，神似和風紙燈透著微光，周圍還瀰漫著濃濃的蜂蜜香氣。

「只要靠近一看，就能發現花燈是由一道道像飛蛾造型的小小藍白色光芒聚集而成的。」

「真的嗎？我還以為是一整朵的花燈。」

「來，你仔細看，我沒說錯吧，而且上面還有數字呢。」

我們紛紛蹲下來看著花兒。只要發揮一點想像力，便能在每朵花上看到咖啡色的小小阿拉伯數字。

「米勒，你看到什麼數字？」

「一千二百五十六吧？不對，應該是一萬七千零五十八？」

「我的這朵是三千四百二十……六！」

「數字有那麼清楚嗎？」

無論我怎麼看，都沒辦法清楚地辨認出花朵上的數字。不過環顧四周，到處都是一簇又一簇的三葉草花燈。

「三千八百六十六！我們只要數到五千，波拉諾廣場應該就在不遠處了。」

「可是我都沒聽到你們說的那種聲音。」

「很快就會聽到了。這朵是二千五百五十六喔！」

「我覺得數數字並不是一個好辦法。」我終於忍不住說道。

「為什麼？」法傑羅和米勒立刻站起身來看向我。

「首先，我覺得花朵上並沒有數字，只是眼睛產生錯覺罷了。如果到時候真的能聽見那些聲音，我們只要筆直地循著聲音的方向走就好了，現在還是先繼續往下走再說吧。我之前也常常來這附近，這裡只比那天的岔路再往北前進一點點而已，距離慕拉朵森林還遠得很呢。對吧，米勒？」

「的確還蠻遠的。」

「那出發吧，走一陣子之後再看看花朵上的數字。我猜應該還是二千、三千左右。」

米勒點點頭繼續往前走，法傑羅也安靜地跟在後頭。我們一語不發默默地邁著步伐，走在滿是藍白色光點的原野上。光芒在遠處映照出一道道紋路，這景色奇妙地宛如是編織在條紋布匹上的紋理。

在原野盡頭的漆黑地平線上，天空逐漸化為深沉的鐵灰色，點點繁星浮現，

四周空氣也充滿甘甜氣息。我們三個人的影子已經默默落到前方，回頭一望，只見夜空中一輪農曆十六的明月，正從遙遠的莫里歐市迷濛燈火間探出半邊，呈現出奇特的扁平狀。

看到這片情景，我們忍不住發出驚嘆。法傑羅像在打招呼似地高舉雙手歡呼，朝莫里歐市的方向，興奮地又蹦又跳。

忽然之間，從泛著藍白色光芒的朦朧原野一端，遠遠地傳來了像是大提琴或低

音提琴發出的顫音。

「你聽！欸，你聽！」法傑羅激動地拍了拍我的手。

我也立刻站直了身子，豎耳傾聽，悠悠顫動的樂音猶如喃喃細語一般。我呆呆站立在原地，納悶著琴聲究竟從何而來。聽起來似乎來自南邊或西邊，也彷彿是從北邊傳來，甚至像是傳自我們一路走來的方向；再仔細一聽，感覺又好像來自地底之下，忽高忽低，愉悅輕快地四處繚繞、迴盪著。

而且聲音還不只一兩種而已。琴聲時而消失，時而交纏，有時又有不同聲音相和，實在難以言喻。

「簡直跟傳說的一樣，我都被搞糊塗了。」

「這裡的數字，果然也是兩千三百左右。」法傑羅查看著三葉草花。花燈在月色下似乎更加明亮了。

「這些數字根本靠不住。」我也蹲了下來。

這時，我看到一隻黑色的小蜜蜂，正從一朵花燈飛到另一朵花燈上。

「啊，原來是蜜蜂啊！你們瞧，剛才那些嗡嗡作響的顫音，一定是蜜蜂趁著月色明亮，紛紛飛出蜂巢，採蜜時所發出的聲響。你們看！現在原野上到處都是蜜蜂！」

我心裡想，這下子你們總該想通了吧。然而米勒和法傑羅都默不作聲，對我的意見不以為然。

「吶，那是蜜蜂的聲音。所以，我們才會分不清楚聲音是來自原野的哪一個方向。」我只好再度說明。

此時米勒總算開口：「才不是！我以前就知道這裡有蜜蜂。可是在昨天晚上，我能清楚地聽到人們的笑聲。」

「有人在笑？是低沉的笑聲嗎？」

「不是。」

「這樣啊。」

我又被搞得一頭霧水了，雙手抱胸站了起來。

就在這個時候，從西北邊的原野遠處，傳來了像是長號或低音提琴的悠悠樂音。我堅定地轉頭，望向聲音的方向，卻發現西邊也有同樣的音樂聲，我忍不住打起了哆嗦。難道有人在這裡施了魔法嗎？不然就是真如傳說所言，白天原本空無一物的原野中央，一到夜晚就會憑空冒出一座歡樂的波拉諾廣場？相較之下，白天待在公所整理標本，貼貼標籤，送送文件給所長的日子，反而更像另一個世界的故事了。

「這裡是不是真的有些什麼啊？」

「當然有！甚至超乎我們的想像！」

「既然我們辨認不出正確的方位，看來真的只能像傳說那樣，數著花燈上的數字過去才找得到路。究竟要數到多少才到得了波拉諾廣場呢？」

「數到五千。」

「五千？你剛才說這裡的數字是多少？」

「三千左右。」

「那我們先來確認一下，看看是往北還是往西的數字會越來越大。」

就在這個時候。

「哈！哈！哈！你們也想去波拉諾廣場啊？」有人在我們身後哈哈大笑。

「什麼嘛，原來是山貓博士的臭馬車伕。」米勒說。

「你們三個趴在地上是在數花燈上的數字吧。哈～哈～哈～」一個跛腳獨眼的老人將雙手插在外套口袋裡，再度高聲大笑。

「沒錯，我們是在數數字。老爺爺那你知道，現在還有沒有波拉諾廣場？」法傑羅問。

「有啊。只不過不是像你們這樣跟著傳說，趴在地上數花燈數字，就能找得到的那個波拉諾廣場。」

「那依你說的，它現在是什麼樣子的？」我問道。
「是個更棒的地方。」
「有多棒？」
「反正和你們無關啦。」老人打了一個酒嗝。
「老人家你常常去嗎？」我接著問。
「那麼有趣的好地方，當然每個人都會去！」
「老人家你今晚喝醉了吧。」
「是啊，我喝多了上好的稻草酒（藁酒）。」老人再度打了一個響嗝。
「我們不能去那裡嗎？」
「當然不能！真是的，結果還是被你們這些『惡魔』纏上啦。」老人扶著額頭左右搖晃，好像有隻獨角仙飛過來撞到了他的額頭。
米勒開口：「老爺爺，如果你告訴我們波拉諾廣場的位置，到時候我就唱首惡魔的歌給你聽。」

「真是觸我霉頭！你們幾個就趴在地上慢慢找吧。」

氣呼呼的老人狠狠踩過三葉草，朝南邊走掉了。

「老爺爺，等一等！我還會幫你把馬牽到蔭涼的地方遛一遛！」法傑羅放聲大喊，但是老人還是頭也不回地快步離開了。原本一直不說話的米勒終於按捺不住，開口說：「喂！我來唱歌！」

法傑羅似乎覺得現在不是唱歌的時候，但我之前就猜想米勒的歌喉應該很不錯，便開始拍手鼓掌。米勒解開外套和襯衫的釦子，稍微吸了一口氣。

不怕死的獨角仙
看不到月光
也看不見三葉草花燈
冒冒失失地飛過來
撞上山貓博士的馬車伕

慌慌張張地搖搖晃晃地
好不容易趕在落地前平穩住
匆忙地重新帶好頭盔
看不到月光
也看不見三葉草花燈
往莫名的方向飛走了

這時從老人離去的方向，有個又尖又細的聲音喊道：「法傑羅！法傑羅！」

「啊，姊姊！我現在就過去！」法傑羅朝那裡大喊，遠方呼喊聲便停止了。

「糟了，一定是老爺在找我。早知道就趕快進森林裡看看。」

米勒突然像連珠炮似地急促說道：「別擔心啦。我早就覺得山貓博士的馬車伕，還有街上乾貨店的老闆有問題。他們最近總是一副醉醺醺的樣子，我猜這些人一定知道波拉諾廣場在哪裡。而且我經常在原野上看到載著乾草的詭異馬車。

法傑羅，你就假裝自己什麼都不知道，今晚先回家睡覺吧。我一定會在這五、六天內找出波拉諾廣場的位置。」

「好吧，我實在是摸不著頭緒。」

我們又聽到遠方傳來聲音了。

「法傑羅，快過來！老爺叫你去城裡幫忙跑腿！」

「好，我馬上過去！我現在要趕緊去老爺那裡了，你一個人知道怎麼回賽馬場嗎？」

「當然知道，我白天常常來這裡。那這份地圖就送給你了。」

「謝謝，交給米勒吧，反正我白天也沒空過來這邊。」

只見遠處的三葉草花燈和月光下，有個美麗女孩站在那裡。

法傑羅對她說：「姊姊，就是這位先生，是他送我地圖。」那個女孩並沒有走過來，只在原地靜靜地行了一個禮。我也默默點頭致意。「再見，我該走了。」法傑羅說完便跑走了。蘿薩洛再度向我們低頭致意，然後匆匆追著法傑羅離開。

米勒安靜地望著北邊，把手掌貼近耳邊。我覺得波拉諾廣場不過就是眼前這片空蕩蕩的原野，馬車伕和米勒只是還沒從幻想中清醒過來罷了。

於是我開口對米勒說：「米勒，你的歌聲很棒，根本不用去波拉諾廣場學唱歌啊。我先回去了，下次再見。」

聽到我的話，米勒客氣地對我行了個禮。我將眼前的美麗原野放在心底，聞著滿滿的蜂蜜香氣，踏上歸途。

波拉諾廣場

在西邊原野盡頭……。那裡有七八棵不知名的樹，好像自身就會發光似地綻放出熠熠青光，將附近天空照得微微明亮。

03 波拉諾廣場

在那天之後又過了五天，到了星期二的傍晚。這天，為了討論是否該將死去的北極熊製成標本，我在公所和同事爭論得不可開交，整個人心浮氣躁得不得了。為了轉換心情，回到家後，我便在冰水裡加了些酒石酸[3]來喝。突然間，我聽到遠方傳來一陣清脆的口哨聲，音調就和那天法傑羅牽著山羊來還我時，還有大家一起奔跑在原野上時，同樣輕快雀躍，我不禁喃喃自語：「他終於來了！」

吹口哨的人果然就是法傑羅。我都還沒喝完那杯加了酒石酸的冰水，他就已經紅著一張臉站在我家門口了。

「我終於知道在哪裡了。我昨晚已經沿路做好確認方位的記號，看著地圖就能走得到，今晚絕對能找到波拉諾廣場。我和米勒已經說好，他白天會先過去那裡，到時候再來接我們。如果地點真的沒錯，明天就帶其他人一起去。」

我被他的情緒感染，也跟著興奮起來。

「真的嗎，我也一起去。該穿什麼去才好？不知道那裡會有什麼樣的人？」

「穿什麼都無所謂，我們趕快走吧，我也不曉得會碰到什麼樣的人。」

於是，我匆匆繫上領結，戴上新的夏帽便出門了。當我們走到上次道別分開的地方時，傍晚的藍色光線正好朦朧地灑在三葉草花心，微亮的光線讓人快看不清楚葉片上如爪痕般的紋路。法傑羅踮著腳尖，向四處張望了一陣子後，開始朝遠方跑去，只見他跑了一段路後又突然停下腳步。

「就是這個！你看！」

我定睛一瞧，看到路邊豎著一根棍子，上面有一塊用厚紙板做成的箭頭，指

注3：存在於多種水果中的天然產物，也是葡萄酒的成分之一。

向西北方，這個路標似乎是法傑羅做的。

「往這邊走，看到那裡有兩棵小小的樺樹嗎？那就是我們接下來的目標。趁現在天色還亮，我們趕快過去吧。」法傑羅飛快地跑了起來。

附近的三葉草花燈已經亮起，我繼續跟在法傑羅的後面跑。

「跑快點！我們再跑快點！要是被山貓博士的馬車伕發現就麻煩了。」法傑羅一邊跑一邊回過頭說。

但是距離那兩棵樺樹，還是有一段不算短的距離。

法傑羅飛快地往前跑。

我也使盡全力狂奔。

總算抵達那裡，在法傑羅停下腳步的時候，夜色已經完全籠罩四周，夜空下的樺樹也化成漆黑樹影。

相較之下，三葉草花燈倒是顯得格外明亮，就像真正的石英燈

一樣。

再仔細看，每朵花燈的亮光就如同法傑羅他們那天晚上形容的，是由白蛾造型的小小光點組成，看起來耀眼奪目。有些地方布滿高挺的紅色花燈，花莖上還帶著挺拔的綠葉。法傑羅迅速地爬上樺樹，朝原野西側的方向眺望，又猛然吊著樹枝跳了下來。

「我已經看不到下一個記號了，但是從這裡筆直地往西走，一定就能抵達廣場。我們朝著雲朵比較明亮的地方前進吧，應該就快到了。」

於是，我們繼續啟程了。忽然之間，從四面八方傳來獨角仙群飛拍動堅硬如鋼鐵般的硬翅發出的嗡嗡聲響，幾乎籠罩了整片天空。在那些聲響中，

隱約夾雜著其他樂器聲及人群的喧鬧聲，聽起來時而清晰，時而消散無踪。

又走了一段路後，法傑羅突然停下來，抓住我的手臂，伸手指向西邊的原野盡頭。我瞇起眼睛看向那處，晃了晃腦袋又揉了揉雙眼，想要看得更清楚。那裡有七、八棵不知名的樹，好像自身就會發光似地綻放出熠熠青光，將附近天空照得微微發亮。

「是法傑羅嗎？」前方忽然有個聲音問道。

「對，我來了，開始了嗎？」

「是啊，現在熱鬧極了。山貓博士也來了。」

「山貓博士？」法傑羅一聽，頓時變得十分驚慌。

「沒關係，我們一起過去，只要找到波拉諾廣場，任何人都可以去。」

「好，走吧。」法傑羅堅定地說。於是，我們朝著燈光亮處大步走去。

米勒和法傑羅看起來似乎相當擔心，兩人都安靜下來，反倒是我變得精神奕奕。真的如傳說那樣是確有其事？還是另有真相？山貓博士又是來這裡做什麼？我已經等不及親眼確認這一切了。再加上我手邊還有半個多月的薪水，就算到時候必須付錢，要請傑羅和米勒也不是難事。

「別擔心，你們這次就跟著我，山貓博士根本沒什麼好怕的。」

我一馬當先走在前面，腳步變得急促許多。獨角仙的振翅聲越來越高亢，也能清楚看見那些青光樹影的每根枝枒。穿著白襯衫的人和其他黑色人影在樹下來來去去，其中還有人高舉著一隻手，嘴裡似乎在說著什麼。

走到近處一看，我才確信這裡一定就是真正的波拉諾廣場。剛才見到發出青色光芒的樹木，其實就是幾棵格外高聳的赤楊樹，枝梢上掛滿彩帶，樹葉也搖曳著閃爍光芒，樹頂還有各色蝴蝶和飛蛾成群結隊，不停繞著圈子飛舞。

在美麗的夏日夜空中，銀河從我們來時的方向，緩緩延伸到廣場另一頭，在

南方漆黑的地平線上迸裂出濛濛白光。三葉草與水果的香氣瀰漫在四周，處處充斥歡笑聲，眾人甚至自然而然地一起跳起舞來。現場雖然只有七、八個人在演奏，但他們就像真正的管弦樂團，奏起了歡樂的華爾滋樂曲。大家跳完一輪便各自散開，然後紛紛拿起杯子，又吼又鬧地喝乾飲料。也許是我的錯覺，我總覺得他們是在大喊「德斯圖帕葛萬歲」。

「他就是山貓博士。」法傑羅指著遠處一名獨自坐在桌邊，正在大口喝酒的男子。他的肩膀寬闊，身穿黃色條紋襯衫和紅色皮外套。

有六、七個人在拋撒著紙片和彩帶，閃亮亮看起來像雪又似花朵，在空中四散而下。我們幾個人走到廣場前便停了下來。

這個時候，德斯圖帕葛正好拿著酒杯站起來。

「喂～喂～喂，服務生！為什麼不幫我倒酒？」

一位穿著白衣的服務生連忙跑了過來。

「抱歉，真是不好意思。我看您剛剛坐著，就沒有特別過來……」

「不管是坐著也好、站著也好，我就是我！各位，一起為我乾一杯吧。來來來，乾杯、乾杯、乾杯！」

眾人舉杯一飲而盡。

我有點膽怯了，甚至想離開。但是我剛剛才對法傑羅和米勒說了大話，現在實在是進退兩難。我心想，反正船到橋頭自然直，便毅然決然地一邊脫下帽子，一邊帶領他們兩人走進燈火中。看到我們出現，大家頓時停止喧笑嘻鬧，滿臉訝異地看看我們，又轉頭看看德斯圖帕葛。

只見德斯圖帕葛歪著頭，似乎在回想是不是曾經在哪裡見過我們。這時，有個穿著夏季禮服的男子走近他，輕聲說了幾句悄悄話。德斯圖帕葛聽完，不悅地瞥了我一眼，然後心不甘情不願地點了點頭。

此時，同樣穿著禮服的提摩朝我們走近，手上拿著三個印有圖案的玻璃杯，一語不發地依序遞給我、米勒和法傑羅。在給法傑羅時，還默默瞪了他兩眼，嚇得法傑羅倒退了幾步。身旁的服務生拿著沒有貼標籤的大酒瓶，準備為我們倒一些大家正在喝的酒。我開口對他說：

「不用了，我們幾個不會喝酒，麻煩給我們汽水就好。」

「這裡沒有汽水。」服務生說。

「那給我們水好了。」我回應。

不知道為了什麼，大家突然安靜下來，目不轉睛地看著我們，讓我覺得有一點尷尬。

「這怎麼行，德斯圖帕葛先生不可能只招待客人喝水的。」提摩說。

「我們沒有要他招待。我們剛才數著三葉草花燈，從原野中央一路來到波拉諾廣場，現在只是口渴想喝點水而已。」

事到如今，我只好硬著頭皮實話實說。

「三葉草花燈？哈～哈～哈～」提摩大笑。德斯圖帕葛笑了，現場其他人也跟著笑了。

「你說波拉諾廣場嗎？很遺憾，其實這座波拉諾廣場啊，是德斯圖帕葛先生的。」提摩平靜地說道。

這時山貓博士開口說話了。

「好了，好了。他們要是想喝水，就給他們喝吧。只是這群只喝開水的傢伙一來，好像破壞了波拉諾廣場的氣氛啊。」

「我明白。」提摩向山貓博士行了一個禮，接著悄聲地對法傑羅說：

「法傑羅，你來這裡做什麼?快給我滾回去!等回去之後，我一定會把你打到站不起來，勸你做好心理準備!」法傑羅一聽，又往後退了幾步。

「這孩子是誰?」德斯圖帕葛問。

「他是蘿薩洛的弟弟。」提摩鞠躬說道。德斯圖帕葛聽完，默不吭聲地轉過身去。

轉眼間，樂隊開始奏起民謠風的樂曲，眾人再度圍成圈準備跳舞。此時，德斯圖帕葛說：「喂！喂！喂！我不要聽這個，要那首叫〈貓鬍子〉的曲子。」

樂隊的大提琴手說：「可是我手邊沒有那首曲子的樂譜。」

德斯圖帕葛似乎已經喝得很醉了，大聲嚷嚷：「奏！奏！給我演奏！」

樂手們只好無奈地共用一個曲譜，演奏起〈貓鬍子〉。

其他人也無奈地硬著頭皮跟著音樂開始跳舞，連德斯圖帕葛也跳了起來。但他似乎並不想融入大家的舞步，而是胡鬧地到處轉來轉去，故意擾亂。

大家都有點失望，漸漸停下舞步，圍著他站成一圈。德斯圖帕葛一個人嬉鬧地手舞足蹈，還會故意踩著腳步靠近眾人，在他們眼前蹦蹦跳跳，就像在挑釁一樣，把其他人逼得四處逃竄。剛才那位穿著夏季禮服的紳士不安地搓著手，一副欲言又止的樣子，最後卻還是被德斯圖帕葛嚇得閉上嘴巴。樂隊迫於無奈又演奏一陣子後，終於受不了，陸陸續續停下來，德斯圖帕葛也總算累倒在椅子上。

「喂！倒酒！」他一邊說，一邊連續乾了兩杯酒。

這時候，有兩個人從人群走出來，應該是米勒的朋友。他們對米勒說：「米勒，既然你都來了，就唱首歌讓我們聽聽吧。」

「我們剛才又唱又跳的，現在已經累翻了。」

「不行啦。」米勒說著並揮掉朋友搭過來的手。但其實米勒一開始就是想唱歌才找到這裡，所以當他一看到樂隊已經做好隨時可以伴奏的準備時，他的臉已經脹得通紅，眼睛閃閃發光，呼吸也變得急促許多。

我忍不住在一旁跟著幫腔：「唱吧！唱吧！你大唱一場吧！」

於是，米勒清了清喉嚨，下定決心似的，站上赤楊樹下的空箱子。

「你要唱什麼呢？」大提琴手笑著問。

「請幫我演奏〈清溪水，慢慢流〉。」

「〈清溪水，慢慢流〉？這首是老歌了，剛好也沒有樂譜耶。」

樂隊成員們相視而笑，彼此商量了一會兒。

「這樣吧。只有單簧管的樂手知道這首曲子，就讓單簧管和鼓來打節奏，請你從第二段開始演唱。」

眾人紛紛拍手鼓掌，提摩也伸長脖子側著頭，打算聽聽米勒有多少本事。

樂隊開始演奏，米勒便唱起歌來。

今天早上六點左右
當我翻越過
瓦爾托拉瓦拉山嶺
那時晨霧逐漸散去
栗子樹梢透出神聖光暈
我獨坐在山頂的石頭上
啃著硬麵包當作早餐時

突然之間　栗子樹搖晃起來
有兩隻電栗鼠　從樹上跳了下來
我急急忙忙……

「喂！你怎麼可以亂唱！」山貓博士突然怒吼。
「怎麼了？」米勒詫異地說。
「今早的瓦爾托拉瓦拉山嶺不可能出現電栗鼠。你看到的是黃鼠狼吧？拜託你想清楚再唱！」
「無所謂吧！」米勒氣沖沖地走下箱子。緊接著山貓博士站起來。
「現在就讓你見識一下我的歌喉。樂隊，給我演奏〈美好的夏日時光〉。」
樂隊迅速演奏起來，看來他們已經演奏過這首曲子好幾遍了。山貓博士出乎意料地唱得很好聽。

三葉草花盛開的　那個夜晚
波拉諾廣場的　夏日祭典
波拉諾廣場上的　夏日祭典
不喝酒只喝水
這群奇怪的傢伙　突然闖進這裡
波拉諾廣場　從黑夜轉為天明
波拉諾廣場　全褪了顏色

法傑羅原本還哭喪著臉，安靜地在一旁聽山貓博士唱歌，但沒想到等山貓博士一唱完，法傑羅立刻衝上臺，我根本來不及伸手攔住他。

「我也要唱，就用剛才這首曲子。」

樂隊一聽，再度演奏起來。

「哎呀，這可真是稀奇啊。」山貓博士一邊說著，又拿起大酒杯灌下兩口酒。

法傑羅開始放聲歌唱。

三葉草花盛開的　那個夜晚
波拉諾廣場的　夏日祭典
波拉諾廣場上的　夏日祭典
身穿黃色襯衫
酒品很差的山貓　只要一現身
波拉諾廣場　立刻下起雨
波拉諾廣場　落下傾盆大雨

德斯圖帕葛氣急敗壞地站起身。
「沒禮貌的傢伙！來決鬥！我們來決鬥吧！」
我也連忙站起來，把法傑羅護在自己身後。

「少胡說八道了，是你先口出惡言的！還敢要這麼小的孩子跟你決鬥？換我來當你的對手吧！」

「哼！你少管閒事！給我滾開！那小子侮辱了貴為縣議員的我，我要向他宣戰！」

「不，是你這傢伙先說我的壞話，我才要反過來向你下戰帖呢。我從剛才觀察到現在，你一直把原野當成自家的地盤，以為自己是這裡的大爺，一副趾高氣揚的樣子。來吧！要槍要刀隨你選！」

聽到法傑羅這麼說之後，德斯圖帕葛又猛灌一口酒。

看來法傑羅沒問題的，因為這傢伙很弱。我在心裡竊笑了一下。

接著德斯圖帕葛虛張聲勢地大聲怒吼：「閉嘴！我猜你根本連決鬥的規則也不懂吧！」

「好啊！像你這種只有喝酒壯膽才敢說話的卑鄙小人，讓小孩子對付你就綽綽有餘了。法傑羅，你用不著怕他，這傢伙只是原野上的一隻毛毛蟲。我會在後面好好看著，你儘管修理他一頓吧！」

「正合我意！喂，誰來當我的助手？」

剛才那位穿著夏季禮服的男人站出來。

「算了吧，用不著和那孩子計較。今晚這麼重要的場合，您就網開一面吧。」

只見山貓博士突然動手揍了那名男子一拳。

「少囉嗦！這我當然知道，你乖乖閉嘴就好！喂，誰來當我的助手！提摩！」

「我在這裡。請您高抬貴手吧，我晚點會再好好教訓他。」

「煩死人了！喂，庫洛諾！你過來當助手！」

「我沒那個本事啊。」那個名叫庫洛諾的男子一身農家打扮，一句話說完，便退到人群後面了。

「真是膽小！喂，波修！你來吧！」

「我也沒辦法啦。」

這下德斯圖帕葛真的氣壞了。

「算了，我不需要什麼助手了！準備決鬥吧！」

「你也快點準備應戰吧。」我一邊說，一邊幫法傑羅脫下外套。

「看你要拿劍還是大砲，選你自己喜歡的吧！」

「你也想怎樣就怎樣吧。」我雖這麼說，但心想著現在要上哪去找那些東西。

「喂，服務生！快拿兩把劍給我！」

一旁的服務生似乎已久候多時，迫不及待地回答：「現在這裡沒有劍，可以改成小刀嗎？」德斯圖帕葛一聽，似乎鬆了一口氣，高聲地說：「好吧，拿過來給我！」

「遵命。」服務生拿了兩把餐刀，恭敬地遞給了德斯圖帕葛，兩人的舉動，簡直就像在演戲一樣。不過德斯圖帕葛仍然謹慎檢查了那兩把餐刀，緊接著拿到法傑羅面前說：「來，你自己挑一把。」

法傑羅立刻把其中一把丟回德斯圖帕葛的腳邊，德斯圖帕葛便撿起了那把刀。

我走到他們兩人中間說道：「聽好了，兩位必須遵守決鬥規則，不准扭打成一團。一、二、三、開始！」

德斯圖帕葛以手持長劍的架式握著短小的餐刀，一邊奮力刺向法傑羅的胸口，一邊倒退；法傑羅則像拿著短刀似地緊握刀柄，集中攻擊德斯圖帕葛的手腕。雙方你來我往了三回合後，德斯圖帕葛忽然丟下刀，用左手按住右手腕大喊：「喂，我被刺傷了！誰快拿碘仿[4]過來！」

注4：三碘甲烷，具有殺菌和消毒的作用。

有沒有雙氧水？被刺了！我被刺傷了！」

德斯圖帕葛說完，便一屁股癱坐在椅子上，看得我開懷大笑。

「你倒是熟悉藥水的名字哦。誰快拿開水過來吧。」

沒想到這時候米勒拿了一壺水來，而且一口氣淋在德斯圖帕葛身上。只見他濕淋淋地站起身，膝蓋和胸口全濕透了。

「那個……我先告辭了。大家可以留在這裡慢慢玩。」他像是為了掩飾糗態似地倉促說完，一溜煙地往原野跑遠了。

提摩和身著夏季禮服的男子，還有其他四、五個人一看情況不對，也趕緊追著德斯圖帕葛離開。等他們全都走了後，眾人立刻歡欣鼓舞。

「法傑羅！你幹得漂亮！話說這位先生是誰啊？」

「他是住在賽馬場的人。」

「今晚到底是什麼聚會啊？」我總算找到機會開口問了。

「沒有啦，是山貓那傢伙在為明年選舉做準備。真虧他能想到讓大家來波拉諾廣場免費喝酒的點子。」

「從今年春天開始，他就常常輪流邀請大家來這裡喝酒。」

「還有那個酒也是——」

「你別多嘴。來，你們也喝一杯吧。」

「不用了，我們不喝酒。」

「你別客氣，喝一杯嘛。」

我覺得自己已經受夠這個地方了，便說：「法傑羅，我們回去吧。」說完我便轉身往原野的方向跑去，法傑羅立刻跟上來。在我們離開後，廣場上的人繼續歡聲談笑，樂隊也重新奏起樂曲，還能聽到有人高談闊論的聲音。

我們兩人匆匆穿梭在三葉草花燈中，奔向莫里歐市的朦朧燈火處。農曆二十的蒼藍弦月越過漫天黑雲，悄悄懸掛在夜空上。回頭一望，廣場上的赤楊樹和燈光已變得渺小，銀河繞到了遙遠的西邊，天蠍座的紅星也早已現身在南邊。

我和法傑羅一下子就來到上次三人道別的地方。

「你要回去提摩那裡嗎？」我猛然想起這件事。

「是啊。姊姊也還在那裡。」法傑羅的聲音聽起來相當悲傷也有點急迫。

「嗯，但他一定會狠狠地修理你吧。」

「要是我不回去，姊姊的下場會更慘。」法傑羅終於忍不住放聲哭了出來。

「不然我陪你一起回去吧？」

「不行啊。」法傑羅又哭了一會兒。

「還是你乾脆來我家？」

「我沒辦法。」

「那你要怎麼辦？」

法傑羅沉默片刻後，又突然強打起精神說：「沒關係，不會有事的。提摩不會對我太過分的。」

或許這是染上官僚氣息的人都有的通病吧。我一邊想著既然法傑羅都這麼說了，那就用不著擔心了吧。還一邊分神想著明天公所要處理的工作。

「那就好。萬一有什麼事，記得要通知我。」

「嗯！我之後可能會為了姊姊的事找你幫忙。」

「當然沒問題。」

「那就再見啦。」

法傑羅往南走去，離去的身影一路在三葉草花叢中拖出長長黑影。在回去的路上，我頻頻回頭。

回到家，傍晚那杯酒石酸水還放在桌上，屋內燈也還亮著，床邊時鐘的指針正好指向了兩點。

警察署

請於本日下午三點至本警察署人事處報到，接受偵訊。此致　第十八等官雷歐諾·丘斯特閣下。

04 警察署

兩天後，剛過了中午，我坐在辦公桌前抄寫舊帳本時，打雜工友戳了戳我的肩膀說：「所長要你立刻去找他。」

於是我馬上放下手中的筆，穿過同事們的座位，開門走進所長室。

只見所長拿著一張紙，表情嚴肅地看著我，似乎早在我開門前他就板著臉等我了吧。我走到他面前，恭敬地行了一個禮。所長繼續盯著我好一會兒後，才沉默地把手上的紙遞給我。

上面寫著：

一九二七年六月二十九日

伊警第三二五六號

請於本日下午三點至本警察署人事處報到，接受偵訊以協助調查。

此致　第十八等官雷歐諾·丘斯特閣下

這大概和德斯圖帕葛的事情有關吧。我心裡暗自竊笑，這下子有趣了。

所長又默不作聲地看著我，問道：「是什麼事情，你心裡有數嗎？」

「有的，我知道怎麼回事。」我立正站好回答。

所長似乎放下了心中的大石頭，表情比剛剛明顯放鬆許多。他抬頭看了一下時鐘說：「好，那你快去吧。」

我再度恭敬地行了一個禮，離開所長室，回到座位稍微收拾桌上的文件，便默默走出公所。

我穿過高大的櫻花行道樹，一路來到紅瓦建築的警察署。站在這裡還是有點緊張，我沒有做任何壞事，不會有事的，沒什麼好怕的。我在心裡暗自激勵自己，鼓起勇氣走向大門口的櫃檯。

「我是雷歐諾・丘斯特，因為收到通知前來報到。」

櫃臺的值班警員一語不發地翻了翻五、六頁手上的記事簿說：「喔，是關於那個失蹤案吧。你去人事處報到，從左側入口進去在那裡等候。」

他說什麼失蹤案？如果是關於決鬥的事，我倒是相當清楚——那場決鬥用的是刀刃並不銳利的餐刀，只是不曉得德斯圖帕葛是不是真的有流血受傷。什麼失蹤案件？警方八成是哪裡搞錯了吧。我一邊想，一邊走進等候室。那是一間裝設了七扇窗戶，空蕩蕩的大房間。我看到山貓博士的馬車伕鐵青著臉，全身僵硬地坐在角落。

「老人家，你今天也被叫來了？」我走到他身邊，笑著打了聲招呼。

沒想到馬車伕卻突然站起身，彷彿只要跟我說話就會惹禍上身似地，急著尋找房間出口。只見他四處徘徊了一會兒，最後又一屁股坐下來。

「你的主人沒有來嗎？」我繼續問道。

「當然沒來。」馬車伕總算開口回話，還全身打起了哆嗦。

「到底發生了什麼事？」我又笑著追問。

「現在警方已經在偵訊了。」

「偵訊誰？」我驚訝地問。

「就是蘿薩洛啊。」

「蘿薩洛？為什麼？」這時候我才收斂起開玩笑的態度。

「因為法傑羅不見了。」

「法傑羅？」我忍不住高聲喊出來。

難道法傑羅那天晚上回去，在路上遇到什麼事了嗎？

「你們不准說話！」

房裡的門突然喀嗟一聲被打開。

「傳喚人不能隨意交談！喂，你進來！」

馬車伕被喊到後，蹣跚地起身走進隔壁房間。我定睛一看，這才發現蘿薩洛正在隔壁接受訊問。她壓著聲音，似乎不停地重複同樣的話。我突然難受得快喘不過氣了。

法傑羅不見了！法傑羅不見了！那天在青色的半輪月色下，贏了決鬥的法傑羅，卻懷抱著難以言喻的苦澀心情，黯然而歸。離去的身影，在散發藍白色光芒的三葉草叢中，拖出長長影子。難不成在那個時候，身穿麻質夏季外套的德斯圖帕葛，氣勢凌人地翻起鼠灰色衣領，帶著三、四個手下偷偷埋伏在一旁嗎？當法傑羅發現他們並停下腳步時，那群人便不懷好意地無聲笑著走上前，其中一人突

然出拳揍了過去，所有人一擁而上，對著徒勞揮手掙扎的法傑羅拳打腳踢。最後法傑羅一動也不動了，德斯圖帕葛還是毫不留情地猛踩、猛踹，嘴上說著「算了，拖走他！」，指使人把法傑羅丟進乾餾工廠的鍋爐……胡思亂想到這裡，我不禁打起冷顫，驚恐得瞪大雙眼。

哎呀！為什麼那天我就自顧自地回家睡覺了？在那個本該忐忑不安的時刻，為什麼我卻沒有保持清醒，糊里糊塗睡著了呢？甚至還害溫柔美麗的蘿薩洛得在隔壁接受盤問和套話。

我坐立難安，忍不住在房裡來來回回踱步。窗外櫻花樹下，遠處行人來來去去，我卻把每個人都想像成德斯圖帕葛和法傑羅。一個頭戴貝雷帽，壓低帽沿的少年一走過去，我便以為是成功脫逃的法傑羅悄悄經過；看到身材肥胖的人，我就覺得是故意變裝的德斯圖帕葛，特地跑來這裡打探消息。因為這些揣測，頓時，我的腦袋變得一片空白。接著我聽到隔壁房間傳來微弱的啜泣聲，緊接著又是一陣大吼大叫，以及猛踹地板的威嚇聲。一聽到那些聲音，我差點要不顧一切地開門衝進去了。等隔壁又安靜了一陣子後，門把突然被微微轉開，蘿薩洛雙眼圓睜，腳步蹣跚地走了出來。

我實在不曉得該對她說什麼，只能在一旁不知所措。蘿薩洛只是默默行了一個禮，從我面前走過，走出房間。等我回過神來，才發現那位不曉得是警官還是警員的人從剛才就在門後探頭，一直注視著蘿薩洛離開。當我一看向他，那張臉又立刻縮回去，門也關了起來。

裡面似乎正在訊問山貓博士的馬車伕。只要有人高聲怒吼，隨後就會聽到馬車伕畏畏縮縮的回答聲。我原本想趁這段時間徹底整理一下思緒，腦袋裡卻是一團混亂，完全無法思考。我心裡盤算著，實話實說才是上策，暗自做好決定後，才試圖冷靜下來坐在房間裡等候。沒過多久，隔壁的門突然嘎鏘一聲被打開，臉色鐵青的馬車伕踉踉蹌蹌地走出來。

「你就是第十八等官，雷歐諾・丘斯特嗎？」剛才那個人又探出頭說。

「是的。」

「那你進來吧。」

我走進房間，眼前的桌上放著文件，現場還有另一位滿臉鬍鬚，模樣有點威嚴，看來應該是警官的人看向我，他不停地眨著眼睛，像是剛打完哈欠似的。

「請你坐到那邊。」

我對他點頭致意後坐了下來。

「你就是雷歐諾・丘斯特啊。」警官說。

「是的。」

「擔任官職、位階是十八等官、年齡、戶籍、現居地址，這些都如同資料所示吧？」他秀出記載著姓名資料的文件。

「沒錯。」

「那我問你，你把提摩家的農夫法傑羅藏到哪裡去了？」

「農夫法傑羅？」我歪了歪頭，有些納悶。

「就是那個農夫，就算他只是個孩子，只要年滿十六歲也是農夫。」警官一臉不耐煩地說。

「你把法傑羅藏起來了吧？」

「我沒有。前天晚上，我們在賽馬場的西側道別後，就再也沒有見過他了。」

「說謊也是要問罪的喔。」

「我沒說謊。那天晚上看得到農曆二十的弦月，原野上遍地的三葉草花燈。」

「這些哪能當成證據啊！我們可不會在筆錄裡記下這種小事。」

「如果你們覺得我在說謊，只要調查一下就知道了。」

「要不要調查是我們說了才算！是你把他藏起來的吧！」

「我什麼都不知道。」

「你小心被起訴喔。」

「請便吧。」聽到我這麼說，兩位警官面面相覷。

「那我問你，你是怎麼和法傑羅認識的？」

「因為法傑羅之前幫我抓到逃跑的山羊。」

「那是什麼時候的事？在哪裡？」

「五月底的星期天，應該是二十七日吧。」

「好，二十七日。地點是？」

「那條叫做什麼路啊？就是在教堂旁邊，能通往村子的那條路，往下走大約一公里的地方。」

「好。所以你是在農曆二十的晚上，和法傑羅一起闖進村裡的園遊會吧？」

「我們不是闖進去的。那裡有燈光，又聽得到各種喧鬧的聲音，我們才會跑過去看看。」

「接下來發生了什麼事？」

「當我們說不喝酒之後，提摩大發脾氣。」

「你是何時認識提摩的？」

「就是在認識法傑羅的時候。當時，提摩說我耽誤了法傑羅該去工作的時間，在我面前揮了好幾下皮鞭。」

「只有這樣嗎？」

「是的。」

「後來在園遊會上有發生什麼事嗎？」

我把那天晚上發生在波拉諾廣場上的事，一五一十地說出來，其中一人便忙著記下這些內容。接著警官問道：

「你剛剛才知道法傑羅失踪了嗎？」

「是的。」

「你有什麼證據可以證明嗎？」

「當然有。只要看看我昨天和今天在公所的工作成果，就能明白了。我以為事情早已告一段落，這兩天工作起來特別起勁。」

「那也證明不了什麼。喂，勸你不要再裝傻了！提摩已經報警申請搜尋了！只要你現在從實招來，便可以就此息事寧人。不然的話，對你一點好處都沒有！」

「我真的什麼都不知道。既然你們是做偵訊的，就請仔細觀察一下我的聲音和表情吧。難道這樣也看不明白我沒說謊嗎？」我開始感到不悅，像機關槍似地一股腦兒說完。

只見兩位警官又互看了一眼。我不管不顧地繼續說道：

「在訊問我之前，你們為什麼不先傳喚德斯圖帕葛？法傑羅會不見，任誰都會覺得是德斯圖帕葛在搞鬼，說不定他動手殺害了法傑羅呢。」

「德斯圖帕葛也失蹤了。」

我聽得大驚失色。哎呀，不管他們是蓄意還是失誤，或許法傑羅真的被殺了。警官說道：「你的供詞在很多方面和提摩有出入，但我們也早就料到會有這種結果。現在要讀筆錄，你仔細確認一下內容和你說的有沒有不同。」接著另一個人開始唸了起來。

「內容無誤。」我滿腦子都在思考法傑羅的事，心不在焉地回答。

「你在這裡簽個名。」

我在文件角落簽好名字，心裡擔心得不得了。

「你現在可以回去了，我們明天會再傳喚你。」警官說。

這時候我終於按捺不住。

「法傑羅到底怎麼了？為什麼你們不去抓德斯圖帕葛？」

「我們無可奉告。」

「我在問法傑羅到底怎麼了？」

「你要是這麼擔心，也去找找看吧。好了，你請回吧。」

兩位警官看起來像累壞了，只想要早早收工結束。已是傍晚時分，我一飛奔出剛點上燈的警察署，就看到蘿薩洛失落地靠在門口的櫻花樹，在蒼茫暮色中悲傷地望向遠方的天空，我忍不住出聲喚了她。

「妳是蘿薩洛吧，請問我該去哪裡找法傑羅才好？」

蘿薩洛低著頭說：

「我猜他一定在很遠的地方——如果他還活著的話。」

「這都是我不好，我一定會去找他的。」

「謝謝。」

「德斯圖帕葛也失蹤了嗎？」

「是啊。」

「馬車伕呢？」

「我沒看到他。」

「妳家老爺也不曉得他們的去向嗎？」

「不曉得。」

「他是故意主動報警尋人的吧。」

「不是，其實警方也有親自來調查過。」

「妳現在要回去老爺那裡嗎？」

「是啊。」

「我送妳一程吧。」

回去的路上，我試著向蘿薩洛拋出幾個話題，但她還是一臉憂傷，只隨意簡短地回答了一、兩句話。不管我怎麼努力，都無法再進一步了解她與法傑羅的事。

走到之前法傑羅帶著山羊還給我

的地方時，蘿薩洛對我說：「就快到了，送到這裡就好。」她向我行了一個禮，便轉身離去。

我的心裡滿是落寞和擔憂。

那天之後，我每晚都會到原野上尋找法傑羅，到了星期天更是從白天就出門找人。尤其是從上次與法傑羅道別的地方，一直到提摩家的這段路，我會在這裡來來回回尋找可能的線索，看看三葉草花上有沒有德斯圖帕葛或法傑羅留下的鞋印。為了確認德斯圖帕葛的家裡面會不會傳出可疑的怪聲，我有好幾個晚上都在他家附近徘徊逗留。

我甚至跑到之前去過的那兩棵樺樹附近，一路走到波拉諾廣場那裡，找了好幾遍。在我忙著找人的這段期間，三葉草花慢慢凋零枯黃，波拉諾廣場的赤楊樹上只剩幾條褪色的、殘破的絨布彩帶，我也沒有再遇見米勒了。

警方在那之後並沒有二度傳喚我，我便主動跑到警察署打聽消息。警方只表示目前依然毫無線索，還叫我不用瞎操心。到了最後，或許是因為習慣了、麻木了，也或許是找累了，連我也開始相信法傑羅早已在某個地方，過著自己喜歡的生活了。

仙達朵市的毒蛾

知道城裡有毒蛾後，又在城裡走了一圈，我恍然大悟。剛剛從車站到旅館途中所看到的怪異街景，似乎都合理了。

05

仙達朵市的毒蛾

天氣開始變熱了。公所的窗戶已經裝上黃色遮陽簾，隔壁的所長室也安裝了一臺電力公司捐贈，直徑長達七十公分的大電風扇。天氣過於炎熱的午後，所長會主動打開門說：「各位，你們也吹吹風吧。」

一打開門，大電風扇的陣陣強風便會吹進辦公室，只是我的座位偏離風吹的方向，所以並不是特別涼快。即便如此，欣賞著桌上另一側的文件和桌巾被吹得啪啪作響，也別有一番趣味。只是每當我在工作之餘想起法傑羅，就會覺得胸口一陣發熱，難受得不知如何是好。

總之在那一整個七月，我完成的工作有：

一、向特拉奇標本製作所詢問北極熊標本的製作細節。

二、確認雅庫夏山頂火山彈的搬運費用報價。
三、調查植物標本褪色原因的案件。
四、製作二千三百張新的標本號碼牌。
接著時間來到了八月。
八月二日的午後，就在我昏昏欲睡地抄寫中國漢朝石刻畫的解說內容時，工友突然從後面戳了一下我的後頸說：
「所長叫你過去一趟。」
我不太高興地回過頭，結果他又一副盛氣凌人地說：
「所長要你現在馬上過去。」
我沒有開口回話，只是默不作聲地起身，從後面穿過同事們的座位，打開所長室的門，恭恭敬敬地走進去。
所長正用他白皙肥胖的手腕托著下巴，一邊吹著電風扇一邊看報紙。當我一走進去，所長懶洋洋地抬了抬眼，從桌上的文件夾抽出一張命令狀遞給我。上面寫著：

出差命令

八月三日起，至伊哈托布海岸採集海鳥蛋，為期二十八天。

看到這份命令，我簡直是欣喜若狂。

竟然要我前往伊哈托布那片岩礁林立的美麗海岸，尋找早已不存在的鳥蛋，這分明是要放我一次慰勞長假吧！沒想到所長和同事如此肯定我的工作表現！真是謝天謝地，感激不盡啊！雀躍萬分的我暗自在心裡連連道謝。所長瞧也不瞧我一眼，只是繼續埋頭看報紙，並對我說了一句：

「記得去找會計預支出差費。」

我禮貌地向所長一鞠躬，走出所長室。我將那張出差令拿給所有同事看，和大家一一打過招呼，最後再到會計那裡領取出差費。會計部的老先生一臉的不情願，但他還是默默地接過我的印章，遞了八張大紙鈔給我。除此之外，我還借走了公所的大型照相器材和望遠鏡。

回到家後，我把手邊所有舊唱片，拿到鎮上的古董鐘錶行變賣，用那筆錢買了一頂大帽沿的巴拿馬草帽，和一件雞蛋色的亞麻上衣。

隔天一早，我鎖好看守小屋，搭上第一班火車，前往伊哈托布海岸最北端的薩摩鎮。我沿著這片長達六十里[5]的海岸，從這座城鎮到另一座城鎮，從這處岬角到另一處岬角，從這塊岩礁到另一塊岩礁，採集海草壓扁乾燥保存，拾集岩

注5：約二四〇公里。

石標本，或是用照片和素描記錄下古老洞穴和特殊地形。

將這些資料打包陸續寄回公所的同時，我也在這二十幾天裡慢慢向南移動。

沿海地區的居民很難得遇到出差的官員，因此連我這種基層人員，不管走到哪裡都受到盛大歡迎。某次當我打算前往海上的岩礁時，大家全在船上豎起紅色和黃色的旗幟，多達十六人的大陣仗，協力划著船槳送我過去。到了晚上，居民還會在我投宿的旅館前升起篝火，表演各式各樣的精彩舞蹈。因為實在太愉快，不時讓我覺得就算現在死了也無妨。

可是只要我一想起法傑羅，還有每天仍在炙熱原野上埋頭工作的蘿薩洛，以及眼前這些拖著辛苦工作了一整天的疲憊身軀，特地為我載歌載舞的少年少女，我就會用力甩甩頭讓自己振作起來，在心裡暗暗發誓一定要努力工作，對大家

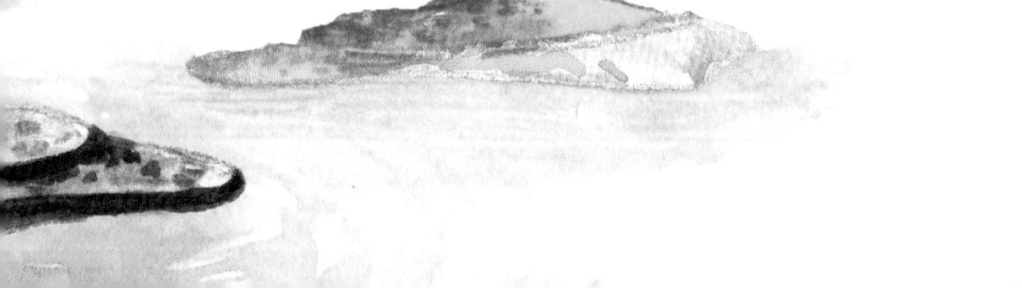

有所貢獻才行。

八月三十日午後，我搭著小汽船，抵達了鄰縣的席歐摩港，再轉乘火車前往仙達朵市。在旅途中我曾事先寫信給當地的理科大學，拜託校方能讓我在三十一日參觀校內的標本收藏。當我帶著大包小包的照相器材和行李在仙達朵車站下車時，正好是華燈初上的時刻。我預訂了大學附近的旅館，和其他五、六名旅客一起搭上

館方的接送專車。我帶著採集來的大量標本，搭著專車穿梭在這些龐大的建築物之間，覺得自己就像一名凱旋歸來的將軍。

抵達旅館後，我卻發現在這樣的大熱天裡，旅館的窗戶全都關得密不透風。我跟著服務員走到自己的房間，房間內實在悶熱到讓人受不了。

於是我對服務員說：「這是怎麼回事？為什麼不開窗？」

服務員一聽，摸了摸梳得油亮亮的頭髮，回答我：「客人，實在很抱歉，由於本地的毒蛾災情嚴重，一到傍晚就沒辦法再開窗戶了，我現在立刻把電風扇送過來。」

原來是這麼回事。當我仔細看著轉身離開的服務員，發現他的脖子裹著厚厚的繃帶，像戴著石環，臉頰也腫得很誇張，想必是被毒蛾咬了吧。不久之後，我聽到隔壁客房裡服務員與客人爭論的聲音，吵得沒完沒了。我因為悶熱和疲累，心情實在很煩躁，便想趁這個時候去一趟理髮院。經過隔壁房間時，房門敞開，我看到剛才那位服務員垂頭沮喪地站在裡面。在他面前有個頭髮和鬍子都已經花白，胖得像貓頭鷹似的老人癱坐在搖椅上吹著電風扇。

「你身為服務員，難道不懂旅館的規矩嗎？」老人氣鼓鼓地斥責著。

他應該是在說電風扇的事吧。我苦笑著準備走過去時，服務員微微轉過頭正好看向了我，他緊閉雙眼，露出愧疚的表情，好像是在向我道歉。我的心情因此暢快不少，輕快地踢踏著腳步走下樓梯。

原來是這樣啊。知道城裡有毒蛾後，又在城裡走了一圈，我恍然大悟。剛剛從車站到旅館途中所看到的怪異街景，似乎都合理了。人行道上隨處可見火堆的痕跡，行人不是身上裹了繃帶，就是一邊走一邊用白色布巾擦著臉，路邊成排的柳樹也掛著一盞盞油燈。

最後，我走進一間理髮院，那是間還蠻大的店。店內一側牆面是用九面精緻的鏡子拼接而成，讓店內的空間看起來足足有兩倍大，一旁整齊地排放著柏樹和鐵杉的盆栽。有個看似是老闆的人站在角落發號施令，還有六位員工待在店內。眼前的牆上有一塊碩大的木匾，四位美髮師的名字風光地掛在上面，另外則是兩位助理的名字。

「按照您原本的髮型修剪嗎？」當我來到鏡子前，坐上鋪著白色布罩的高檔椅子時，其中一位美髮師向我問道。

「對。」當時，我滿腦子想著明天就要回去伊哈托布原野的事，所以回答得心不在焉。

那個人一聽，便用手指示意一旁另外兩位正好有空的美髮師過來。

「你們覺得如何？這位客人說他維持原本的髮型就好，你們有什麼看法？」

那兩人走到我的身後，仔細端詳著鏡子裡的我。其中一人挽著白袍，雙臂環抱在胸前答道：

「這個嘛，這位客人的下巴膚色比較白，形狀又圓潤，給人敦厚溫和的印象。

所以我覺得與其整個往後梳，他應該比較適合復古髮型。」

「嗯，我也這麼覺得。」另一個人出聲附和，負責接待我的美髮師也點頭表示贊同，然後對我說：「您意下如何？比起現在的造型，中分復古髮型會比較適合您的臉型。」

「好啊，那就拜託你了。」我也客氣地說。因為我覺得他們都是了不起的藝術家。

就這樣，我的頭髮變得輕爽有型，身上的疲倦感也一掃而空。今晚肯定可以一夜好眠，即使隔天要在大學的地下標本室，和助理相處一整天也沒問題了。我愉悅地眺望著店裡的綠色盆栽，欣賞美髮師那白皙靈巧的手指，以及唰唰作響的剪刀光影。

就在此時，我隔壁的客人忽然激動地高喊：「啊！慘了，慘了！快幫我按住！可惡！混帳！」

我嚇得轉頭看向他，所有美髮師也都趕了過去。那個驚叫的客人雖然已剃了半邊鬍子，身材也十分消瘦，但他就是德斯圖帕葛本人沒錯，我心想還真是巧啊。德斯圖帕葛完全沒有發現我，正驚慌失措地扭曲著一張臉。

「您被咬到哪裡了呢？」

剛才那位站在角落的老闆身穿麻質的正式西裝，拿著一個大燒瓶，推開人群走過來。兩、三位美髮師已經用捕蟲網抓到那隻黃色的小毒蛾了。

「這裡，就是這裡，動作快！」德斯圖帕葛一邊慌張地說，一邊指著自己的左眼下方。

老闆連忙用棉花沾了沾燒瓶裡的水，擦在德斯圖帕葛的眼睛下方。

「這是什麼藥？」德斯圖帕葛大叫。

「是用2%阿摩尼亞調製的稀釋液。」老闆冷靜答道。

「今天的早報不是才說阿摩尼亞根本沒有效嗎？」

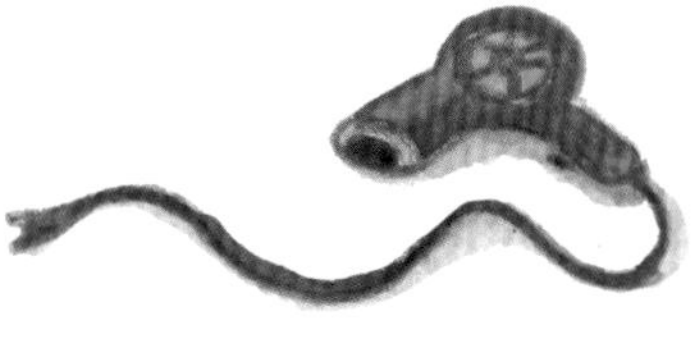

德斯圖帕葛從椅子上站起來，身上穿著一件桃紅色襯衫。

「您看的是哪一份報紙？」老闆更加冷靜地問道。

「就是《仙達朵日日新聞》。」

「那是錯誤消息，本縣的衛生課長也有發聲明，表示阿摩尼亞有效。」

「根本無憑無據！」

「是嗎？不過，您倒是腫得蠻嚴重的。」

老闆看起來有點不悅，一臉不屑地拿著燒瓶走開了。德斯圖帕葛勃然大怒。

「太失禮了吧。我明天與陸軍的獸醫軍官們有重要的會晤啊。我現在變成這樣，到時候一定會影響對方的心情。小心我投訴你們！」他一邊咆哮，一邊還忙著照看鏡子裡明顯紅腫的臉頰。

老闆這時候也被惹得火冒三丈。

「真好笑！現在城裡到處都是毒蛾，您要是在大街上被咬了，建議您可以去向市長提告。」

德斯圖帕葛心不甘情不願地坐回椅子上。

「喂！快幫我把鬍子剃好，快點！」他一邊頻頻審視逐漸變形的臉，一邊讓美髮師把剩下的半邊鬍子剃掉。

我也開始著急了。按理說，應該會是我比德斯圖帕葛早處理完，不過為了預防萬一，我還是趕緊翻了翻錢包，找出一枚大銀幣將它握在手裡做準備。就算德斯圖帕葛先結束，我也可以馬上結帳起身離開。但是不知道怎麼回事，我的美髮師竟然比我更著急，而且還不停地留意時間。

他大約只花了短短三十五秒，就把我的鬍子剃好了。

「好了，接下來去沖洗吧。」

為了不讓德斯圖帕葛察覺，我用手遮著臉，移步到大理石盥洗台前。美髮師用冷水嘩啦啦地幫我洗頭，並不時用手指擦拭臉上的水滴。洗完頭之後，我自己也洗了把臉，又重新坐回椅子上。

此時老闆說：「注意，只剩一分鐘了。大家趁還有電，燈還亮著的時候，趕緊處理完重要的部份。還有電土燈[6]準備好了沒？」

「都準備好了。」一名穿著白衣的小孩說。

「拿來，快拿過來，等燈熄了就太晚了。」老闆說。

這位小助手拿來四盞電土燈，一一排放在鏡子前，然後加水點火。電土燈發出猛烈轟隆聲，開始燃燒。此時，附近的工廠也開始鳴笛，孩子們高聲尖叫，連教堂和寺廟的鐘聲也跟著敲響。很快地，電燈倏地全熄滅了，接替的電土燈的光芒再度照亮四周。室內頓時陷入一片青藍色光芒，讓人宛如置身於幽暗大海。

我透過映照在鏡子裡的漆黑玻璃門，看見屋外有人燃起火堆，赤紅色火光讓人聯想起古老的印度。店裡的一位美髮師正頻頻往火堆添加柴火。

「看來今晚的毒蛾也是全軍覆沒吧。」有人在另一頭說道。

「這很難說啊。」負責接待我的美髮師一邊回答，一邊拿著金口瓶往我頭上噴香水。

接著他又細心地擦了擦我的臉，然後轉頭朝門口說：「大家過來看一下。」

有些美髮師就站在門口，有些人則是在火堆旁眺望著外面的景色，一聽到這句話，大家便連忙聚集到我的身後。他們看著鏡中的我，一本正經地端詳了一會兒後說：「看起來很不錯喔。」

我從椅子上站起來，用手中那枚被握得有點溫熱的銀幣結好帳，穿過玻璃大門走了出去。我站在街頭，準備偷偷跟蹤德斯圖帕葛。

站定之後，我心裡冒出一股怪異的情緒，胸口鼓噪得不得了。仙達朵市的這條大街上，高大的西洋建築林立，卻不見任何一盞電燈亮著，只有街道兩旁一排

注6：又稱乙炔燈、電石燈，是以電土（碳化鈣）加水，產生乙炔氣體後燃燒照明用。

排柳樹下掛著黃色大油燈，以及熊熊燃燒的紅色火堆。火焰燃起的煙霧緩緩飄上深邃夜空，讓仙后座看起來彷彿在天空中左右擺盪，天琴座也似乎隱隱約約地眨動著，就像遙遠南國的夏夜景致。

我一邊等，一邊窺視著店裡的動靜，還看到許許多多小飛蟲真的接踵而至地撲進火堆裡。無論在我這一側還是街道對面，處處可見身上裹著繃帶或是用布摀著臉的行人，以及燒著火堆的人。

不久之後，遠方一陣高亢尖銳，分外鏗鏘有力的聲音，朝著我的方向靠近。當聲音來到近處後，我才發現那是一位看起來身體硬朗，個子格外嬌小的駝背老先生。他用雙手捧著一塊點著四根鯨油蠟燭的木板，一邊走一邊不停地喊道：

「快熄掉家裡的燈火吧。如果還有其他亮光，就算關掉電燈也沒用。把家裡的燈都熄了吧。」

只要看到哪間屋子還亮著光，老先生就會不厭其煩地上前站在門口大喊。

「快熄掉家裡的燈火吧。如果還有其他亮光，就算關掉電燈也沒用。把家裡的燈都熄了吧。」

他的聲音在空蕩蕩的街頭反覆迴響，然後漸漸消失在黑暗中。

大家似乎很敬重這位老先生，都會客氣地向他鞠躬致意。老先生一路聲嘶力竭地大喊。

「快熄掉家裡的燈火吧。如果還有其他亮光，就算關掉電燈也沒用。把家裡的燈都熄了吧。你好，晚安。」

老先生一邊喊，一邊回應左右路人的招呼。

「那個人是誰啊？」我問了問火堆旁的美髮師。

「他是劍道老師。」

這個時候，那位劍道老師快步走了過來。

「快熄掉家裡的燈火。如果還有其他亮光，就算關掉電燈也沒用。快點熄了吧。喔，晚安。原來這裡是做生意的呀，那就沒辦法了。」

「老師您好，晚安，辛苦您了。」老闆從店裡走出來向他打招呼。

「晚安，今晚還真是悶熱呀。」

「是啊，都是因為這些毒蛾，我們只能緊閉門窗待在家裡，人都要悶壞了。」

「就是說啊。那我先走一步了。」劍道老師再度開始大喊，往另一邊走去。

他的聲音漸漸遠去，在轉進某個街角的時候，德斯圖帕葛終於從猶如青藍色大海般的理髮院走出來。只見他四處張望了一會兒，接著匆匆往南走去。我假裝回頭看著落入火中的飛蛾，一個箭步跟在他後頭。德斯圖帕葛因為剛被毒蛾咬了，看起來相當不安，甚至有點沮喪的樣子。我在後面跟蹤他，竟莫名地對他生出憐憫之情。一路上，沒有任何人向德斯圖帕葛打招呼，他也默默走在緊鄰車道的行道樹蔭下，似乎竭力想避開行人的目光。

看來他剛才還吹噓說要會晤陸軍的獸醫軍官，想必都是編造的謊話罷了。走

了一陣子後，德斯圖帕葛總算停下腳步，原地張望了一下，便從大街轉進一條小巷弄。我若無其事地趕緊跟著鑽進小巷，便看見德斯圖帕葛走進一棟附有前院的小房子。我是否應該先弄清楚來龍去脈後，再去質問德斯圖帕葛呢？還是乾脆直接報警，說伊哈托布警方要尋找的人就在這裡，請他們直接來抓人呢？我原本還在思前想後，但一看到德斯圖帕葛準備進屋了，立即就把這些想法全部拋在腦後，急忙跑到他面前。

「德斯圖帕葛先生，好久不見了啊。」

德斯圖帕葛大吃一驚，嚇得僵立在原地。他一看到是我，就知道自己無路可逃，只好無精打采地站在那裡。

「我是來找法傑羅的，請你把他交出來吧。」

德斯圖帕葛激動地揮舞雙手。

「這是誤會，你誤會我了，我根本不曉得他在哪裡。」

「如果真是這樣，你又為什麼要躲在這裡？」

德斯圖帕葛的臉色瞬間變得鐵青。

「伊哈托布的警方一直在尋找法傑羅和你的去向。你已經被警方通緝，今晚無論如何都會遭到逮捕。法傑羅到底人在哪裡？」我不由自主地撒了謊。

被毒蛾咬到的德斯圖帕葛歪腫著一張臉，全身發抖，斜眼看向我，劈里啪啦像連珠炮似地說起話來。他的語速實在太急促，差點讓我聽得一頭霧水。

「不可能，那是不可能的。我賭上自己的名譽，賭上紳士的名譽發誓。」

「既然如此，你為什麼要躲到這裡？」

德斯圖帕葛總算停止了顫抖，稍微斟酌了一下，才向我娓娓道來：

「我只是被警方傳喚，而且我也已經提出了旅遊申請，並委託代理人應訊，這些都有獲得警察署長的充分諒解，所以警方現在不可能懷疑我。」

「那你為什麼要辦理旅遊申請，還特地逃到這裡？」

德斯圖帕葛已經慢慢恢復冷靜。

「先進屋吧，我會解釋清楚的。」

德斯圖帕葛率先推開玄關的小門，隨後有個老婦人出來迎接。她似乎已經站在門後觀察我們好一陣子了。

「倒杯茶給他吧。」

德斯圖帕葛才說完，便馬上走進右邊的房間。雖然我覺得他應該不會亂來，但是為了預防他逃跑，我還是站在門口盯著他。只見他在房裡翻找瓶子，發出一陣鏗鏘碰撞的聲響，然後用塊白布摀著臉走出來。

「來，請往這邊走。」

我被德斯圖帕葛帶到會客室，看得出來他已經鎮定許多。

「我之所以會躲到這裡暫避風頭，其實是為了另一件完全無關的事。我想你也知道，我在那座森林蓋了一間木材乾餾廠，老闆就是我。那陣子，因為受到藥水價格劇烈波動的影響，虧損變得越來越多，最後到了無法挽回的局面。雖然我已經想方設法了，還是沒辦法改善經營狀況，當然我也投入了所有財產。後來在某次董事會上，有人提議不如將工廠直接轉型為釀酒廠，當下我也表示贊同，開始嘗試少量製造，只是那時候並沒有向稅務局申報。於是就有一個下屬，以此作為把柄來威脅我。在波拉諾廣場的那天晚上，還真是個尷尬場合。因為在場賓客都是公司股東，我才特地選在那裡的。只是股東們對我仍然十分反感，我是如此絕望，最後才會醉成那副德性。然後你們就出現在現場了。」

現在我才終於明白那天所發生的事情，也開始同情起眼前的德斯圖帕葛了。

「好的，我明白了。可是……哎呀，法傑羅到底去哪裡了啊。」

德斯圖帕葛說：「我並不恨那孩子，要是我的經濟條件還像以前一樣好，我一定會設法照顧他，甚至送他去學校讀書。我猜那孩子現在肯定好好在某處生活著，警方應該也是這麼認為的。」

我倏地站起來，開口向德斯圖帕葛道別。

「那我就先走了。奉勸你也盡快離開這裡，因為回去之後，我勢必要回報這件事。」

德斯圖帕葛喪氣地說：「我現在根本沒有任何收入，希望你能諒解。」

我向他點點了頭，表示理解。

「蘿薩洛現在過得如何？」德斯圖帕葛匆促地問道。

「她很好，還是一樣工作得很勤快。」不知道為什麼，我的聲音聽起來與平時不太一樣了。

風與草穗

赤楊樹發出濛濛亮光，就像一把青綠色的雨傘。慢慢走近之後，可以發現樹葉也被風吹得翻動如滾滾浪潮。

06 風與草穗

九月一日早晨，我帶著出差行程表和各項報告，和往常一樣在固定的時間抵達公所上班，四處和同事們寒暄。等所長一到，我立刻上前敲了敲所長室的門，開門走了進去。

「你出差回來啦，工作進行得怎麼樣？」所長一邊說，一邊用左手扣著脫落的彩色鈕扣。

「是的，托您的福，我昨晚就平安回來了。這是我的出差報告，等我把採集回來的標本整理造冊後，會再帶過來。」

「嗯，其實也不急。」扣好衣領後，所長看起來英挺、神采煥發。

我鞠躬致意之後離開所長室。一整天，都在忙著處理這段期間送達的包裹，還有積壓在桌上的代辦文件，轉眼間就到了傍晚時分。其他同事早就下班了，我比他們晚一步離開公所，也像往常一樣先在常去的大眾食堂吃完晚飯，才回賽馬場。我似乎累壞了，本來只打算在椅子上稍做休息，結果就這樣不知不覺睡著了。

這天傍晚我做了一個美夢，夢中的我還沒結束旅程，正划著小船穿梭在伊哈托布的岩礁之間，岩礁上還曬著光滑的褐色海藻。說時遲那時快，我的小船突然搖晃了起來，眼前冒出一隻恐怖的古代巨龍。就在我被巨龍甩飛，快要撞上岩礁的時候，我突然醒了。原來是有人正用力搖晃著我。

看清楚眼前的那張臉，我簡直不敢相信自己的眼睛。沒想到這個人竟然是法傑羅。

「怎麼是你？你來很久了嗎？」我驚訝地問。

「我是八月十日回到這裡的，反倒是你一直都不在家吧。」

「我的確不在家，因為去海岸地區出差了。」

「我希望你今晚能來我們的工廠看看。」

「你們的工廠？發生什麼事了？你這陣子到底上哪去了？」

「其實我去了仙達朵市，跑到皮革染色工廠工作。」

「仙達朵市？你為什麼會跑去那裡？你是要我今晚再去仙達朵市一趟嗎？」

「你誤會了啦。」

「不然是什麼意思？而且你為什麼要跑去那種地方？」

「因為那天晚上，我實在不敢回家，所以經過家門後還繼續往下走，就這樣一路走到了天亮。當我坐在路邊不知該如何是好的時候，有個專門採購皮革的人剛好經過，對方好心載我一程，還給了我一些食物。在那之後，我開始幫忙那個人工作，於是就跟

著到了仙達朵市。」

「原來是這樣，幸好你平安無事。我還以為你真的被丟進乾餾工廠的鍋爐裡給蒸熟了呢。」

「我在那裡當了技師的助手，對方教了我好多東西，甚至包括各種藥水的知識和用法。現在不管是鞣皮還是染色，有關皮革的事都難不倒我。」

「那你為什麼又回來了？」

「是警方找到我的，但我其實沒挨到什麼責罵。」

「僱用你的老爺有說什麼嗎？」

「他說隨便我愛去哪裡都可以。」
「那你現在有什麼打算？」
「村裡年長的人都在慕拉朵森林的工廠做事，他們找我負責皮革的工作。」
「你做得來嗎？」
「當然！而且米勒還會製作火腿喔，大家要一起在那裡工作。」
「那你姊姊呢？」
「姊姊也會到工廠工作。」
「這樣啊。」
「我們走吧，姊姊今晚肯定也在那裡。」
我立刻把出差後的疲憊拋在腦後，從椅子上起來。
「我們走吧，那裡會不會很遠？」
「要從波拉諾廣場再往下走一段路。」
「那其實有一段距離，我們趕緊出發吧。」我匆匆換上出遠門時穿的外出服，兩個人一起出門。法傑羅這時候又開始跑了起來。

雲層露出暈黃色的刺眼亮光，從南往北迅速飄動。然而，原野上卻靜悄悄地沒有一絲風，只看到各式各樣的野草探出高挺的草穗，糾纏成奇怪的模樣。夏季裡綻放的三葉草花都已枯萎，連草莖上的三片葉子也縮得小小的。

我們一路狂奔。

「你看，那裡就有一個路標。」

法傑羅停下腳步，伸手指著右手邊的草叢。只見一朵藍白色的小小三葉草花，在草穗底下孤伶伶地綻放著。

忽然之間，風從另一頭吹來，昏暗的草穗被風撥動得泛起陣陣浪花，我的衣袖裡也灌入了滿滿冷風。

「哎呀，已經是秋天了啊。」我長長地舒了一口氣。

法傑羅不知道何時將外套脫下來夾在腋下。

「路上的花燈都消失了……」

一陣風吹散了法傑羅的聲音，讓我聽不清楚他最後說了什麼。

這個時候，有兩名拿著大鐮刀的農夫從我們眼前橫越而過。兩人往這邊瞥了一眼，討論一番後便停下來，似乎等著我們走近。我和法傑羅見狀，趕緊加快腳步走過去。

「嗨！你回來啦？幸好你沒事。」其中一人對我打了聲招呼。

他好像是那天在波拉諾廣場上，被德斯圖帕葛指名當助手，最後卻逃之夭夭的男子。

「是啊，謝謝你。法傑羅也回來了，一切都恢復到以往了。」

「只是少了山貓博士。」

「你說山貓博士？德斯圖帕葛？我在仙達朵市有遇到他喔。他現在落魄得教人同情。」

「不會吧，德斯圖帕葛怎麼可能落魄？他在仙達朵市有好幾筆土地耶！」

「怎麼可能？他說他把所有財產都投入那間乾餾工廠了啊。」

「不可能，不可能，山貓博士那傢伙才不敢那麼做。他是因為公司的股票暴跌，貶得一文不值了，最後才會見勢頭不妙，溜之大吉。」

「不對啊，他說是董事會上有人提議發展釀酒事業，但因為漏掉某些申報手續，他只好承擔起這個責任。」

「不可能，不可能，釀酒的生意原本就是那傢伙的主意啊。」

「不是說只是少量試釀了一些嗎？」

「看來你被他騙得團團轉啊。他的工廠表面上都宣稱是生產丙酮，但其實出廠的全是如假包換的桶裝混酒，甚至還摻雜了甲醇。他偷釀那些私酒已經長達兩年了。」

「難不成在波拉諾廣場上喝的就是那些私酒？」

「那當然！那傢伙實在太老奸巨猾了。我們就是因為太懦弱，最後只能自認倒楣。不過，這次大家打算好好利用那間工廠，盡可能生產一些彼此都用得上的東西。」

「就是說啊。」

「那法傑羅也會用來做些什麼對吧。」

「對啊，也不用投入新的資金，我們可以在那裡加工皮革和製作火腿，或是把栗子蒸熟後乾燥等等，打算嘗試製作各種產品。」

「我們該走囉。」法傑羅動手戳了戳我。

「下次見。」

「晚安了。」

我一路走一路想，越來越不清楚該相信德斯圖帕葛，還是剛才那些人了。

「繼續直走，就是直直地再往前走。自從那天之後，我已經來過這裡好多遍，所以路都記得很清楚。」

我走近法傑羅身邊，在風中大聲告訴他，法傑羅微微點點頭，又再度跑了起來。在昏暗的夜色中，法傑羅的白色襯衫，隨著奔跑的腳步在風中輕輕搖擺。

過了不久，我看到遙遠的原野盡頭透著五盞蒼白的燈光，燈光上方則是之前看過的那幾棵赤楊樹，赤楊樹發出濛濛亮光，就像一把青綠色的雨傘。慢慢走近之後，可以發現樹葉被風吹得翻動如滾滾浪潮，枝枒也不斷搖曳碰撞，彷彿是樹木自體散發出青白色光芒。

樹蔭下有五個漆黑人影，他們提著捕魚用的電土燈站在那裡。今天廣場上沒有任何桌椅和箱子，只看到一個孤伶伶的空箱。我在人群中看到一張熟悉的臉，他戴著大帽子，有著渾圓的肩膀，原來是米勒，他朝我們這裡走了過來。

「你總算來啦！晚安啊，今晚的夜色真棒。」

米勒向我打了聲招呼，其他人也跟著打招呼，他們似乎已經等我們很久了。

於是我們一群人就這樣穿過廣場，逐漸加快腳步。

原野上的野草變得越來越雜亂，四周的黑色草叢也被風吹得窸窣作響，不曉得是柏樹還是樺樹的高聳黑影隨著狂風搖擺，不時發出沙沙聲。我們一行人不知不覺地排成一列，走在狹窄的小徑上。

「就快到了。」走在最前面的法傑羅高聲喊道。

轉眼之間，小徑周圍已是一片蓊鬱樹林。接著又默默地走了三十分鐘左右，我突然聞到一股像是木屑的氣味，眼前頓時出現細長狀的灰色屋頂。

「好像已經有人到了。」法傑羅叫道。

從那棟黑色大房子的窗戶，透出閃爍的燈光。

「喂！丘斯特來囉！」米勒高喊。

「哦！」房子裡有人回應。

走進屋裡，我看到有個宛如人面獅身像般的巨大鐵桶，面向門口擺著，泥濘的地板上還排放著許多未上釉的素坯陶壺。

「晚安啊。」一名赤腳的老人走出來，向我打招呼。

「這些是乾燥中的罐子哦。」法傑羅說。

「之前有多少人在這裡工作啊？」我開口問。

「這個嘛……景氣好的時候，至少有三十個人吧。」米勒答道。

「為什麼現在做不下去了呢？」

只見大家面面相覷。剛才的老人開口說：「因為藥水價格下跌，訂單減少了。」

「是這樣嗎？是受藥價下跌的影響才不賺錢的嗎？對了，法傑羅。我建議你們可以用這個鍋爐多製作一些醋酸。當初是因為公司雇用太多人手，才賺不了什麼錢，現在換成自己人來做，可能會多花一些時間，但做多少就能賺多少。我會跟城裡的藥局說，就算只訂十瓶或二十瓶，這裡都願意接單！」

「說得對！」法傑羅說。

「還可以把這裡產生的煙，引到隔壁用來釀酒的房間，在那裡製作火腿。」

「沙特也有提到這個點子！這裡的罐子也可以拿來裝肉，木炭取得也不是問題。就算到時候火腿賣不完，還可以給自己人分一分。」

「很好，就這麼辦吧！丘斯特，你以後也會常常過來吧？」

「當然，我在畜產業和林產製造業都有熟識的朋友，之後再邀請他們一起來。我也會告訴他們有關波拉諾廣場的事。」

「是啊，我們曾經一心一意尋找波拉諾廣場，以為終於找到了，沒想到那竟然只是為了選票而辦的酒宴。不過我還是覺得，真正的波拉諾廣場一定存在於世界上某個角落。」

「所以啊，我們現在就是要用我們的雙手打造它啊。」

「說得對！我們追求的不是那種卑鄙難堪、醜態百出、自欺欺人的波拉諾廣場，而是可以讓大家夜晚在那裡唱歌，呼吸自由的風之後，隔天又能再度精神抖擻地面對工作，一個充滿歡笑樂趣的地方。讓我們一起打造出這樣的波拉諾廣場吧！」

「我們一定辦得到！因為大家都躍躍欲試了！」

「我覺得有了構想後，還是要學習更多知識。因為就算明白獲得幸福的方法，我們仍然不曉得該從哪裡開始著手。鎮上有很多學校，有很多學生在裡面就讀，他們會花一整天的時間來學習，優秀的老師也會用精采教學提起學生的求知慾。我們不但一天念不到三小時的書，多半的時間也是忽悠過去。唯一的老師只有函授講義，即使有問題也時常找不到答案。即便如此，我們還是要想辦法拼命念書。我希望和大家一起找到能獲得更多新知識的學習方式。」

某個孩子說完這段話後坐了下來。

我的情緒也忍不住變得激動。

「諸位！你們一定可以學到更多！絕對沒有問題！鎮上的學生是為了工作

而學習，但是他們都忘了學習的初衷，老師也都儘可能傾囊相授。在那些人讀書的時候，諸位都在忙著工作，那我們還能如何追趕上他們呢？其實就如同剛才大家說的一樣，他們經過幾年習得了專業知識後，就藉著所學賺得財富悠哉過日子，隨興喝酒、置產買房，越來越懶得學習。而我們則是懂得一輩子活到老要學到老。

諸位聽好了，懂得訂定且堅定目標，思路清晰的人，也會比一心多用的人多出兩成以上的餘力。我們要拿來追求真正的幸福。所謂知識就是力量，諸位很快就能擁有更多的力量。

我們只要腳踏實地去做就好。風和雲彩也會賦予你們嶄新力量，諸位很快就能在這個地方，在這片原野上打造出比傳說更了不起的波拉諾廣場。」

眾人都高興地大聲喝采。

法傑羅說：「我們就趁冬天的時候讀書吧。大家分別讀同一本書，每隔五天就到工廠集合，利用一個晚上，彼此互相提問解答。丘斯特，你也來教我們些什麼吧！」

「好啊。我以前是老師，經常鑽研植物，可以教大家了解、認識植物，另外再多傳授三項相關知識應該也不成問題。我們不是要成為萬事通，只需要懂得基礎和必要的學問就好。更何況在工作上也會自然而然學得新知，可以靠自己摸索到更多知識。」

「我們不是約定好到了冬天，就聚在工廠裡製作各種產品嗎？像法傑羅可以染皮革，而我會做剪刀，雖然我的技術還不算純熟就是了。米勒原本就很會做帽子，如果是當成工作，成品一定會更加精緻。」

「沒錯！沒錯！還能彼此交換。像我就很喜歡木製品。」

「大家一起來吧！夏天到田裡和原野工作，秋天收成農作物；冬天則是動手製作彼此需要的物品，最後再互相交換……」

現場的眾人站了起來。

風呼嘯而來，大家都不由自主地轉身背對風。而我因為扯著嗓子說了好一陣子，一下子就被風嗆到喉嚨。看看赤楊樹，樹枝已經被吹彎差點碰到地面了。

「好，那我們準備動工吧。我已經事先泡好十一張皮革，也準備好一整桶的木材了。今晚就是全新的波拉諾廣場的開幕式！」

「那我們都別喝酒，大家一起喝水吧！」那位老人說道。

聽完，所有人都哄堂大笑。

「好，準備開始吧！都到外面去！米勒，我去汲水過來，你把杯子從架子上拿出來吧。」

法傑羅說完，便提著水桶往外走去。

其他人提著電土燈，紛紛走到工廠外的草皮上。

大家在草地上圍成圈坐在一起。

米勒把杯子一一遞給每個人。

法傑羅提著沈甸甸的水桶回來。

「洗一洗杯子吧。」他一邊說，一邊用勺子往大家的杯子裡舀水。

冰涼的水讓我忍不住打起顫來。只見眾人都用僵硬的手指認真搓洗杯子。

「洗乾淨一點喔。」法傑羅說完，再度往每個人的杯子裡加了水。大家把剛才洗過的水倒在草地上，又接了一杯水。

「再洗一遍吧！杯子裡還殘留著酒味喔。」法傑羅不停地幫所有人添水。

「法傑羅，你打算讓我們洗一整個晚上的杯子嗎？」那位負責製作醋酸的老人這麼說完，大家再度放聲大笑。

「可以喝水囉。小心水很冰喔。」法傑羅又幫每個人添了一次水。杯中泛著冷冽白光，在風中蕩漾出粼粼水波。

「喝吧！一、二、三！」大家舉杯喝了一口，我也跟著把水灌下肚，冷得全身直打哆嗦。

「我來唱首歌吧！唱波拉諾廣場之歌！」

三葉草花枯萎的　那個夜晚

波拉諾廣場的　秋日祭典
波拉諾廣場上的　秋日祭典
不喝水　只喝酒
那群奇怪的傢伙　傲慢跋扈
波拉諾廣場　夜晚永不結束
波拉諾廣場　白日不會來臨

每個人都笑得好開懷，紛紛鼓掌叫好。風一陣陣襲來，將歌聲送往過去的那座波拉諾廣場的方向。

「我也要唱！」米勒站了起來。

「三葉草花凋零的　那個夜晚
波拉諾廣場的　秋日祭典

波拉諾廣場上的　秋日祭典
山貓博士的酒品很差
穿著黃色襯衫　落慌而逃
波拉諾廣場　晨光將至
波拉諾廣場　黑夜將逝」

「好！我也要唱！」

「大家一起喊吧！為了新的波拉諾廣場！歡呼吧！」我高高揮著帽子，大聲喊道：「萬歲！」

接著我們穿過漆黑的森林，穿過剛才那片稀疏的柏樹林地，抵達原本的波拉諾廣場。

熟悉的赤楊樹一如既往地待在這裡，每當風吹拂而過，就會散發出青綠色光芒。

在電土燈的照射下，大家的影子又黑又長，悉數落在被風吹得淩亂無序的草波浪中，一個個人影宛如行駛在大河上的一艘艘小小汽船。

走回老地方後，我們便各自分道揚鑣。就在這個時候，我發現一朵小小的三葉草花燈還微微發著亮光。於是我摘下它，別在衣領上。

「再會了，我還會再去找你的。」

法傑羅和大家一起揮著帽子向我道別。

其他人似乎也喊了幾句話，但是他們的聲音都被吹散在風中，什麼也聽不清楚了。最後我踏上往賽馬場的歸途，大家也往另一邊走遠了，只見散發著青藍光的電土燈，以及眾人的影子在夜風中變得越來越小，逐漸消失。

從那天之後，整整七年過去了。法傑羅他們起初並不順利，但是大家依然樂在其中，繼續堅持下去。

我也曾去那裡拜訪過好幾次，和大家一起商量事情，遇到難題我也會幫忙向其他朋友討教。法傑羅他們經過三年的努力後，終於建立完善的產業工會，將火腿、皮革、醋酸及麥片賣到莫里歐市和仙達朵市，甚至在其他城鎮也都能買到這些產品。

而我也在三年後，因為職務異動搬離莫里歐市。在大學當了一陣子的研究助理，也在農業試驗所擔任技師，現在則是在人生地疏，熱鬧卻冷漠的托奇歐市工作。昨天我收到一封信，當時我正埋首寫稿，聽著隔壁房間傳來印刷機劇烈輪轉的噪音，專心在五十行的稿紙上寫下在博物局工作時遇到的特別經歷。

那是一張印在厚厚紙上，可以拿在手裡邊看邊唱的樂譜。樂譜上還配有歌詞。

波拉諾廣場之歌

夜晚的廣場　三葉草花燈亮起了

眾人傳唱著　一首舊時的慢板歌謠
歌聲迴盪在雲間　消散在夜風裡
收成時節將至　歲月匆匆年復一年

衷心期盼　這世間的紛擾爭端
在銀河彼端　一同一笑置之
所有煩憂　化作熊熊烈火燃燒殆盡
只願攜手共創　繁華新世界

我相信這首曲子一定是法傑羅創作的。

因為在曲調之中，充滿了法傑羅在原野上常吹的口哨旋律。不過我倒是猜

不出歌詞究竟是出自米勒、蘿薩洛又或者是其他人的手筆。

波拉諾廣場

ポラーノの広場

作者｜宮澤賢治
譯者｜許展寧
繪者｜邱惟

責任編輯｜林祐萱
美術設計｜謝佳穎

出　　版｜有樂文創事業有限公司
副總編輯｜林祐萱
地　　址｜104027 台北市中山區中山北路三段 36 巷 10 號 4 樓
網　　址｜https://www.facebook.com/ule.delight
電子信箱｜ule.delight@gmail.com
電　　話｜（02）2516-6892
傳　　真｜（02）2516-6891

發　　行｜遠足文化事業股份有限公司（讀書共和國出版集團）
地　　址｜231023 新北市新店區民權路 108-2 號 9 樓
電　　話｜（02）2218-1417
傳　　真｜（02）2218-1142
電子信箱｜service@bookrep.com.tw
郵政帳號｜19504465（戶名：遠足文化事業股份有限公司）
客服電話｜0800-221-029 團體訂購｜02-22181717 分機 1124
網　　址｜www.bookrep.com.tw

法律顧問｜華洋法律事務所／蘇文生律師
印　　製｜通南彩印股份有限公司

定　　價｜450 元
初版一刷｜2024 年 3 月

ISBN｜9786269830503　（平裝）
ISBN｜9786269830527　（PDF）
ISBN｜9786269830510　（EPUB）

國家圖書館出版品預行編目 (CIP) 資料

波拉諾廣場 / 宮澤賢治著 ; 邱惟繪 ; 許展寧譯 . -- 初版 . --
臺北市 : 有樂文創事業有限公司出版 ;
新北市 : 遠足文化事業股份有限公司發行 , 2024.03
面 ;　公分

譯自 : ポラーノの広場

ISBN 978-626-98305-0-3 （平裝）

861.57　　113000867

伊哈托布，
如夢幻樂園般的景象。
在那裡，
一切皆有可能！

POSTCARD

波拉諾廣場

宮澤賢治／著　許展寧／譯　邱惟／繪圖

清澈的風、
夏日沁涼依舊的晴空，
有著美麗森林妝點的
莫里歐市。

POSTCARD

波拉諾廣場

宮澤賢治／著　許展寧／譯　邱惟／繪圖

隨處可見
渾圓小巧的三葉草白花，
神似和風紙燈
透著青藍色光芒。

POSTCARD

波拉諾廣場

宮澤賢治／著　許展寧／譯　邱惟／繪圖　有樂文創 delight culture

夜晚的廣場，
三葉草花燈亮起了，
眾人傳唱著，
一首舊時慢板歌謠。

POSTCARD

波拉諾廣場

宮澤賢治／著　許展寧／譯　邱惟／繪圖　有樂文創 delight culture